글로 옮기지 못할
인생은 없습니다

글로 옮기지 못할 인생은 없습니다

발행일	2024년 1월 25일

지은이	김순철, 조은애, 황소영, 최경희, 한미숙, 양지욱, 장혜숙, 김지윤, 이루다, 정지은, 문미영, 박진선, 황상열
펴낸이	손형국
펴낸곳	(주)북랩
편집인	선일영	편집	김은수, 배진용, 김부경, 김다빈
디자인	이현수, 김민하, 임진형, 안유경	제작	박기성, 구성우, 이창영, 배상진
마케팅	김회란, 박진관
출판등록	2004. 12. 1(제2012-000051호)
주소	서울특별시 금천구 가산디지털 1로 168, 우림라이온스밸리 B동 B113~114호, C동 B101호
홈페이지	www.book.co.kr
전화번호	(02)2026-5777	팩스	(02)3159-9637
ISBN	979-11-93716-40-3 03810 (종이책)		979-11-93716-41-0 05810 (전자책)

(주)북랩 성공출판의 파트너
북랩 홈페이지와 패밀리 사이트에서 다양한 출판 솔루션을 만나 보세요!
홈페이지 book.co.kr · **블로그** blog.naver.com/essaybook · **출판문의** book@book.co.kr

작가 연락처 문의 ▸ ask.book.co.kr
작가 연락처는 개인정보이므로 북랩에서 알려드릴 수 없습니다.

평범한 일상을 특별하게 만들어 주는 마법

글로 옮기지 못할
인생은 없습니다

김순철 조은애 황소영 최경미 한지숙 양혜욱 장지숙 김루윤 이지다 정미은 문진영 박상선 황상열

평범한 일상도 글로 옮기면
당신만의 특별한 스토리가 탄생한다!

 북랩

쓰면서 살아있음을 느낀다

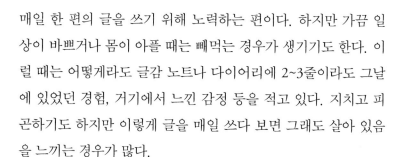

매일 한 편의 글을 쓰기 위해 노력하는 편이다. 하지만 가끔 일상이 바쁘거나 몸이 아플 때는 빼먹는 경우가 생기기도 한다. 이럴 때는 어떻게라도 글감 노트나 다이어리에 2~3줄이라도 그날에 있었던 경험, 거기에서 느낀 감정 등을 적고 있다. 지치고 피곤하기도 하지만 이렇게 글을 매일 쓰다 보면 그래도 살아 있음을 느끼는 경우가 많다.

11년 전 인생의 나락으로 떨어지고 나서 몇 날 며칠을 멍하게 누워서 시간만 보냈다. 지금 생각하면 숨만 쉬고 있을 뿐 시체와 다름없었다. 밥 먹으라고 상 차려주면 그냥 가서 먹고, 다시 들어와 누웠다. 가족들이 뭐라고 말을 해도 듣지 않았다. 사람이 없으면 가끔 바람 쐬러 공원에 가는 것이 전부였다. 공원에 가도 누가 말을 걸어도 반응이 전혀 없거나 건드리면 폭발할 것 같은 좀비처럼 있었다.

어디서부터 잘못되었는지, 어떻게 해야 다시 살 수 있을지 등등 어떠한 생각도 머리에 떠오르지 않았다. 사람을 만나서 하소연하는 것도 한두 번이었다. 그 사람들이 내 연락을 피하기 시작했다. 답답하면 사람을 만나서 이야기하면서 푸는 스타일이었는데, 그렇지 못하니 더 마음속에 응어리만 쌓여갔다.

돈은 다시 벌어야 했기에 다시 구직 사이트에서 일자리는 계속 알아봤다. 남는 시간은 또 멍하게만 며칠을 보내니 사람이 부정적으로 더 가라앉게 되었다. 아무래도 이렇게 있다가 다른 생각이 들 것 같았다. 인생의 변화를 다시 일으키기 위해서는 다른 조치가 필요했다. 그것이 책이었다. 독서를 다시 하면서 여러 저자의 좋은 생각과 메시지를 내 것으로 흡수했다. 많은 책에서 쓰기의 중요성을 강조했다. 무엇이라도 기록하면 남고 좋은 방향으로 변할 수 있다는 구절을 읽고 글을 써 보기로 마음먹었다.

그날 밤 집에 있었던 데스크탑 컴퓨터 전원을 켜고, 한글 프로그램을 열었다. 일단 책에서 시키는 대로 내가 지금 느끼고 있는 감정을 솔직하게 적어보기 시작했다. 당시에는 어떻게 써야 할지 몰랐기 때문에 이렇게 썼던 걸로 기억한다.

'지금 내 감정은 슬프고 답답하다. 아무것도 할 수 없는 이 현실이 너무 싫다. 그나마 책을 읽으면서 버티고 있다. 책을 덮으면 또다시 우울해진다.'

　　　　　　　　　글로 옮기지 못할 인생은 없습니다

5줄 정도 쓰다가 멈추었다. 그런데 글을 쓰면서 이상한 기분이 들었다. 그 날따라 심장박동 소리가 참 크게 들렸다. 5줄밖에 쓰지 않았는데, 눈물이 나기 시작했다. 흐르는 눈물을 닦고 잠시 심호흡을 했다. 마음이 뭔가 차분해지면서 나는 분명히 살아 있는데, 직접적으로 살아있음을 느꼈다. 글을 쓰면 위로받고 치유가 되면서 살아있음을 알게 된다고 어느 글쓰기 책에서 읽었는데, 딱 그 느낌을 받은 것이다.

그날 이후로 계속 나의 생각, 감정 등을 쓰기 시작했다. 잘 쓰든 못 쓰든 상관없이 내가 쓰고 싶은 글을 무작정 적어나갔다. 아마 그 당시 썼던 글은 일기 형식이었다. 한 달이 지나고 시간이 흐르면서 타인에게 내가 겪었던 경험을 나누어 주고 싶었다. 작가의 꿈을 가지게 되면서 본격적으로 글쓰기 강의를 듣기 시작했다. 그 후 글쓰기 책과 강의에서 배운 내용을 적용해서 지금까지 글을 쓰고 있다.

서두에서 밝혔지만 매일 매일 한 편의 글을 쓰는 동안 나만의 호흡을 같이 느끼고 있다. 조용한 공간에서 들리는 소리는 내 호흡과 두드리는 자판뿐이다. 오늘도 심호흡을 하면서 글을 쓰고 있다. 요새 복잡한 일이 많지만 글을 쓰면서 내 마음을 다스리는 중이다. 소란했던 내 마음을 글에다 꾹꾹 담아내면 마음이 한동안 또 고요해진다. 그 고요함이 더 살아있음을 알게 해준다.

글을 쓴다는 것은 내가 살아가는 동안 있었던 모든 경험과 감정을 담아내는 일이다. 지금 힘들다면 일단 써 보자. 쓰면 살아

있다는 것을 더 느끼게 된다. 이 책을 통해 13명의 저자가 글을 쓰는 이유, 글을 쓰면서 달라진 점, 자신만의 글쓰기 노하우를 같이 배워 보는 것은 어떨까?

2024. 1.

저자 황상열

차례

1장
내가 글을 쓰는 이유

2장
글을 쓰니 이렇게 달라졌다

3장
글은 어떻게 삶의 무기가 되는가

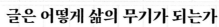

1장

내가 글을 쓰는 이유

글을 쓰기 전 내 삶이 흐린 하늘이었다면
지금은 맑은 하늘이다

김순철

삶을 바라보는 것이 어떻게 생각하느냐에 따라 달라지는 것 같다.

말을 할 때 어떤 미사여구를 쓰는가에 따라 다르듯 말이다.

그동안 나의 삶이 힘들고 지치고 되는 일은 없고, 남들이 쉽게 가는 길을 나만이 어렵게 가는 것 같았다.

항상 치열하게 살기만 할 것 같고 모든 일이 버겁게 느껴지는 일이 많았다.

글을 쓰기 시작하면서 바라보는 시각이 다르게 변화하고 있는 것을 처음에는 느끼지 못했지만 여러 번의 짧은 글을 쓰며 나의 생각이 많이 바뀌고 있다는 사실을 알게 되었다.

무엇이 바뀌었을까? 글을 쓴다고 생각이 바뀔까? 시각이 바뀐다고? 하는 의문이 드는 사람도 있을 수 있다.

삶을 바라보는 태도에 따라 180도 달라보일 수 있다. 나를 알고 있는 사람들의 이야기도 다 다르다.

'너는 일복을 타고났어.'
'고생이다. 왜 그렇게 살아. 그냥 대충 살아, 네가 그런다고 누가 알아줄 것 같아.'
'네 신세를 왜 달달 볶아. 이제 그만해도 되지 않아.'
'자기 계발을 정말 열심히 하네.'
'대단해. 당신은 뭘 해도 될 거야.'

위와 같이 내가 하는 일과 공부. 글을 쓰고, 그림을 그리는 것에 대한 평가는 다 다르다. 어떤 시각으로 나를 바라보느냐에 따라 다른 것이다.

나 또한 그런 것 같다. 글을 쓰기 전에는 버겁고 힘들게 느껴지기만 하던 일상에서 감사할 일들이 많음을 깨닫게 되었다.

내 주위의 가족, 친구, 지인들이 내 살아가는 힘과 원동력이었음을. 모든 것이 어쩌면 이렇게 되려고 힘들었었나 싶기도 하다.

내가 방 한 칸 구할 돈이 없을 때 흔쾌히 너라면 금방 일어날 것이라며 방을 얻으라고 천만 원이라는 큰돈을 선뜻 내어준 지인, 파산 중에 자신의 카드를 선뜻 내어주며 쓰고 잘 갚으면 된

글로 옮기지 못할 인생은 없습니다

다고 큰 도움을 준 지인. 힘든 순간에도 나의 길을 열어 준 상담가로 길을 처음 알려준 지인. 처음 상담소에 아직 경력도 자격도 미비한 나를 배우면서 하는 것이라고 받아주신 소장님.

이러한 지인이 없었더라면 지금의 내가 있었을까? 아니다. 나는 이러한 좋은 사람과 함께 있음을 알 수 있었던 것. 알고는 있었으나 시간이 흘러 잊고 있었던 것들을 다시금 고맙다. 내가 참 좋은 사람들과 함께하는 괜찮은 사람이라는 것을 글을 쓰면서 떠올릴 수 있었다.

글을 쓴다는 행위가 가진 매력은 자존감이 높아지는 순간을 내게 선사한다는 것이다.
내 주위의 사람들. 또 이루어지고 있는 것들을 다시 한번 생각하며 앞으로 나아갈 수 있는 원동력이 되어 주는 것이다.

아직은 화려하지 않은 소박하고 투박한 글이지만 조금씩 나아질 것이고 말을 할 때도 꼭 필요한 말을 미사여구 없이 하는 나이기에 글 또한 짧고 미사여구가 부족할지라도 나의 이야기를 진솔하게 써 내려간다는 것은 의미 있는 시간인 것이다.

지금 글을 써 보고 싶거나 내 이야기를 하고 싶은 사람이 있다면 용기 내어 시작해 보기를 권한다. 삶의 색이 달라질 것이다.

1-2.
놓지 않을 거예요, 평생

이루다

       스물여섯에 결혼해 그다음 해에 첫애를 낳았다. 모든 게 새롭게 펼쳐지는 신세계였다. 어두웠던 유년 시절의 기억 탓에 아이가 세상에 나오면 기필코 행복하게 키우리라 다짐했다. 임신 기간부터 태교 관련 서적과 육아서를 여러 권 구매해 읽었다. 아이를 행복하게 해 줄 생각으로 하는 독서였지, 정작 나는 그 순간에도 행복하지 않았다. 첫애가 태어났고 아이를 육아하면서도 함께 행복해야 한다는 제일 중요한 본질은 잊었다.

  그렇게 둘째가 태어났다. 아이 둘을 혼자 돌보아야 한다는 건 생각했던 것보다 더 힘든 일이었다. 결혼 전부터 앓았던 우울증이 점차 심해지더니 손쓸 방법이 없을 정도의 상황까지 치달았다. 살아가는 게 아무 의미가 없었다. 내 몸과 마음이 아프니 가족이 있어도 아무런 힘이 되지 않았다. 뭐라도 스스로 해내고 싶

글로 옮기지 못할 인생은 없습니다

었다. 그것만이 극심한 우울증에서 벗어날 방법 같았다. 그때 우연히 전자책으로 수익을 낼 수 있다는 광고를 접했다. 어떤 것에도 흥미가 없던 내가 그 광고에는 어찌나 눈이 번뜩이는지 무언가에 홀리듯 결제 버튼을 눌렀다.

강의를 들어 보니 전자책을 만들려면 판매하기 위한 홍보 수단이 필요하다고 했다. 홍보 수단으로 블로그를 시작하는 것이 가장 좋다는 강사님의 추천에 망설임 없이 블로그를 만들었다. 그렇게 만든 블로그에 도서 서평을 올리기 시작한 게 나의 첫 글이다. 글은 하나둘씩 쌓여갔다. 그러다 우연히 내가 올린 서평 책의 저자를 만나게 된 일이 글쓰기 인생을 열어 준 계기가 되어 주었다.

초, 중, 고를 다니며 단 한 번도 글쓰기 대회를 나간 적이 없었고 글에 관심도 없던 나였다. 그런 내가 무슨 바람이 불었는지 처음으로 알게 된 작가님이 운영하시는 〈닥치고 글쓰기〉라는 모임에 참여하게 되었다. 몇 줄만 적어도 글이 된다는 글귀에 가슴이 뛰었다. 이렇게라도 글을 배우면 전자책을 만드는 일에 도움이 될 거라는 욕심도 들었다. 장문의 글을 올리는 다른 참여자분들의 글을 볼 때면 표현력이 부족한 솜씨가 영 글러 먹은 건 아닌가 싶기도 했지만, 그 시간이 즐거웠다.

그렇게 넉 달 정도 글쓰기 모임을 했다. 모임을 하는 동안 작가님은 내 글에 피드백해 주셨는데 내 능력보다 더 후한 칭찬을 많이 받았다. 그 칭찬 덕분에 지금, 이 순간이 있을 수 있었다.

칭찬은 고래도 춤추게 한다고 하지 않는가. 나는 춤을 추다 못해 머리에 꽃까지 꽂고 온 동네를 누비고 다니는 여인네가 되었다. 이왕 쓰기 시작한 거, 책까지 내보자며 책 쓰기 과정까지 등록했다. 도대체 어디서 나온 자신감인지 무조건 내가 책을 쓸 줄 알았다. 오로지 작가님과 자신을 믿으며 해낼 수 있다고 결심했다.

남편은 글을 쓰려면 이 정도는 있어야 한다며 비싼 노트북까지 선물했다. 나는 집중력이 현저하게 떨어지는 탓에 무얼 시작하든 금방 시들해지고 끝을 못 보는 사람이다. 그래도 해 보겠다며 하루에 한 꼭지씩은 무조건 써내겠다고 계획표까지 철저하게 세웠다. 카페에 몇 시간씩 틀어박혀 써 보기도 하고 밤을 새워보기도 했다. 어떤 글이 나오든, 분량만이라도 채워보자는 생각으로 깜박이는 커서를 놀게 내버려 두지 않고 계속 타자를 두들겼다.

관련 서적을 읽느라 책을 쌓아두고 읽고 처음으로 칼럼을 찾아 밑줄을 그어가며 보기도 했다. 다독하며 지내온 시절이 없던 내가 뭐라도 써내려면 온갖 정보와 지식을 다 흡수해야 한다는 생각뿐이었다. 글 쓰는 재주가 부족하다고 생각했다. 보완하려면 어떻게든 방법을 찾아야 했다. 읽고 쓰고를 반복했다. 방법은 하나였다. 그렇게 초고를 쓰고 나니 문제는 퇴고였다. 퇴고하는 과정은 한마디로 환장할 노릇이었다. 내가 쓴 초고를 읽고 수정하고 또 읽고 수정하는 작업을 끊임없이 되풀이했고 더 이상 고칠 게 없어 보이다가도 전부 갈아엎고 싶은 심정이 드는 순간이 오기도 했다.

퇴고를 거친 후 드디어 출판사에 투고하는 날, 얼마나 심장이 두근거리던지. 당연히 내 글을 알아봐 주는 출판사가 있으리라 생각했다. 내 생각이 적중한 순간. 정말 투고한 첫날부터 출판사에서 연락이 왔다. 그렇게 얼떨결에 출판사와 계약하게 되었다. 믿기지 않았다. 그리고 감사한 마음이 컸다. 글을(인생을) 알아봐 주시고 이렇게 빠르게 회신을 주다니….

출판사와 또다시 여러 번의 수정을 거치고 표지를 선택하고 드디어 첫 책이 출간되었다. 내 인생을 갈아 넣었다고 해도 과언이 아닐 나의 자식 같은 책, 『나는 조울증이 두렵지 않습니다』 책을 쓸 때 나의 마음은 한결같았다. 한 사람이라도 이 책을 읽고 도움이 되었으면 좋겠다는 마음. 괴롭던 과거의 나를 다 털어내고 나와 같은 고통을 겪는 사람들의 손을 잡고 함께 나아가고 싶은 마음을 담은 책이다.

하지만 책을 출간하게 되었다고 삶이 갑자기 바뀐 건 아니다. 반복되던 일상은 같았고 그저 '작가'라는 타이틀이 하나 만들어진 것뿐이다. 그럼에도 내가 글을 놓지 않고 평생 쓰겠다고 다짐하게 된 건 글을 쓰면서 내 안에 많은 게 달라졌다는 걸 느끼기 때문이다. 글로 과거를 쓰니 더 이상 그 고통은 내 안에 머무르는 게 아니었다. 그렇다고 완전하게 사라지는 것도 아니다. 그저 공기처럼 사방에 흩어진다. 객관적으로 그 공기를 느낄 수 있게 되었다. 주관적인 감정에만 얽매여 아파하는 내가 아니게 된 것이다.

여전히 나는 매일 쓰는 작가는 아니다. '매일 쓰는 사람이 작가다'라는 말을 계속 떠올리지만 쉽지 않다. 하지만 나는 글을 놓지 않는 작가이다. 평생 손에 꼭 잡고 놓지 않을 생각이다. 이 글을 읽고 있는 당신의 삶에도 언제 글이 훅 들어올지 모른다. 나에게 그랬던 것처럼. 그때가 온다면 글을 꼭 잡고 놓지 않으시기를.

글로 옮기지 못할 인생은 없습니다

자신의 일을 잘 해내기 위해 글을 써야 한다

최경희

처음엔 단순한 시작이었다. 글을 잘 쓰지 못해 매주 한 번씩 괴로움을 만나야 했다.

한 15년 전으로 기억한다. MBC 라디오 생방송을 매주 1회 15분간 담당 진행자와 시사 프로그램을 함께했다. 사실 고백하자면 그 프로그램은 내가 하고 싶었던 것은 아니었다. 방송프로그램과의 만남은 무척이나 유쾌함으로 시작되었다. 문예 아카데미 송년회 행사로 진행을 맡아 즐거운 시간을 마무리한 그다음 날 방송국 부장님의 연락을 받았다.

"최경희 씨입니까?"
"예, 안녕하세요. 최경희입니다."
"아, 어제 행사 진행할 때 진행을 잘하셔서 함께해 보고 싶어 연락드렸습니다."

이렇게 기쁜 소식이 올 거라고 생각을 못 했다. 어쨌든 그렇게 방송국과의 연결이 되었고 포항시에서 조금 떨어진 어촌이나 농촌, 시골 마을에 가서 그 마을의 좋은 점을 부각시켜 알려주고 전하는 방송이었다. 그때는 정말 신나게 방송을 했다. 마을 이장님들이나 면장, 군수님들 모두 협조를 잘 해 주시어 방송도 재미있었다.

그런데 문제는 개편이 되면서 프로그램 피디가 바뀌고 시사 프로그램을 하게 되었다.

왠지 겁이 났다. 중요한 건 방송국마다 작가가 있었지만 그때만 해도 리포터가 다 알아서 현장 인터뷰를 하고 돌아와 생방송 전에 원고를 다 써서 진행해야만 했다.

문제는 내가 글을 못 쓴다는 것이었다. 아주 큰일이었다. 매주 방송할 때마다 담당 아나운서가 미칠 노릇이었다. 그 아나운서는 똑 부러지게 일을 잘 하는 아나운서였다. 글도 안 되는 나를 데리고 얼마나 힘들었을까? 아니, 화가 많이 났을 것이다.

간단한 글이야 그냥 술술 조금 쓰면 되었지만 시사적인 부분은 어디서부터 어떻게 써야 할지 엄두가 나지 않았다. 사실 시사라는 부분이 매우 명확하고 분명해서 논점을 다루어야 하기 때문에 정신작용의 원활함이 없던 그때는 그것이 마냥 두렵기만 하기도 했을 것이다. 준비가 안 된 상태에서 말도 안 되는 글을 몇 줄 쓰다가 마무리도 못 하고 진행자를 만나 도움을 받아 겨우 방송을 이어 나갔다. 그 일은 결국 오래 할 수 없었다. 당연한 결과다.

　그 일을 지나고 나서 생각하니 그것이 글쓰기의 중요성을 인식한 큰 계기가 되었다.

　자신의 일을 잘 해내기 위해 우리는 글을 써야 한다. 방송일뿐만이 아니다. 지금은 스피치 센터를 운영하면서 진학과 취업을 준비하는 사람들의 자기소개서, 연설이나 회의 진행을 위한 원고, 방송 인터뷰를 준비하시는 분들의 시나리오까지 코칭을 하고 있다. 그들도 자신의 맡은 역할을 잘 해내고자 준비하는 시간을 갖는 것이다. 글로 써서 소리 내어 읽어보면 어느 부분이 어색하고 잘못되었는지 바로 알 수 있다. 그러면 그 부분을 더 좋은 표현으로, 더 나은 내용으로 바꿔쓰면 된다. 하지만 많은 이들이 시작하기를 두려워한다.

　생각해 보자. 우리는 모두 지금보다 더 나은 삶을 원한다. 그런데 더 나은 삶을 위해 다른 선택을 하고 행동하지 않으면 그건 그저 바람일 뿐이다.

　대부분의 사람들이 새로운 시작을 위해 취업을 하고자 하면 글쓰기가 가장 첫 번째다.

　이력서, 자기소개서. 취업이 되어 일을 하게 되면 근무일지, 보고서, 발표 자료 등 모두 써야 한다. 심지어 퇴사를 할 때도 사직서를 써야 한다. 특히 자소서를 잘 써야 그다음 면접을 볼 수 있는 기회가 주어진다. 그때 글로써 다 전달하지 못한 자신을 말로써 표현하면 합격이라는 기쁨을 만나게 되는 것이다.

글쓰기는 기본이다. 글을 써야 한다. 쓰면서 더 나은 글을 쓸 수밖에 없다.

미국 하버드 심리학과 교수를 지내고 캐나다 토론토대학 심리학 교수인 조던 피터슨(Jordan Bernt Peterson, 1962, 캐나다)은 말했다.

"막강한 영향력을 갖고 싶습니까? 딱 4가지면 됩니다. 읽을 줄 아는 능력, 생각하는 능력, 말하는 능력, 쓰는 능력! 이 4가지만 잘하면 아무도 당신을 함부로 대하지 못합니다."

그의 말에 반박할 수가 없다. 그것은 인류에게 정말 중요한 능력이다. 과거의 역사도 기록되었기 때문에 우리가 알 수 있었던 것이다. 써야 한다. 지금보다 더 나은 자신을 만나기 위해 자신의 일을 잘 해내기 위해 우리는 모두 써야 한다.

살기 위해 씁니다

문미영

글을 본격적으로 쓰기 시작한 지는 불과 1년
도 채 되지 않았다. 내가 쓴 글이라곤 감사일기와 일기, 서평이
전부였다. 안 좋은 감정을 가지고 글을 쓰면 하소연하는 글밖에
되지 않았다. 나중에 다시 읽으면 부끄러운 글.

내가 글을 쓰게 된 계기는 무엇이었을까.

본격적으로 글을 쓰게 된 건 책과 강연에서 주관하는 '백일 백
장' 글쓰기였다. 100일 동안 매일 글을 쓰면 100장이 된다는 취
지로 글을 쓰는 습관을 들이기 위한 것이다. 주말에도 공휴일에
도 글을 써서 인증해야 수료가 된다.

수료를 한다고 해서 보상이나 선물은 없지만 자기만족과 글쓰
기 습관을 들이기 위한 좋은 방법이었다. 나는 두 번이나 완주했
다. 총 200일. 이제는 백일 백장이라는 족쇄가 없어도 습관처럼

매일 글을 쓰고 있다.

백일 백장을 할 때에는 인증을 하기 위해, 완주를 하기 위해 억지로 글을 썼지만 이제는 하나의 루틴이 되어서 매일 글을 쓰지 않으면 허전하다. 이렇게 매일 글을 쓰다 보니 최근에는 『7년차 난임 부부입니다』라는 제목으로 전자책을 출간했다. 알라딘, YES24, 교보문고에서 내 책을 구입할 수 있다. 글을 쓰면서 처음 경험한 일이라 신기하다.

사실 나는 글을 꼭 써야만 하는 사람이다. 잘 잊어버리고 기억을 못 하는 사람이라 글로 꼭 기록을 남겨놓아야 한다.
무엇보다도 결혼한 지 7년째인데 아직 아이가 없는 난임 부부라서 더 글을 써야 한다.
2번의 인공수정과 4번의 시험관 시술, 중간에 유산 2번을 경험한 '난임 부부'
시험관 시술 과정들을 기록하고, 나와 같은 '난임 부부'들에게 공감과 위로, 용기를 주고 싶다는 생각이 들기 시작하였다. 나처럼 '아기'를 간절히 원하지만 아기를 가질 수 없어서 힘든 시간을 보내고 있는 난임 부부들, 특히 예비 엄마들에게 도움이 되고 싶었다. 엄마들은 혼자서 배에 주사를 놓고, 나팔관 조영술이나 자궁근종 제거와 같은 아픈 과정을 혼자서 이겨내야 한다. 남편들은 아내를 전부 이해하지 못한다. 다른 사람에게 도움이 되고자 하는 마음으로 글을 썼지만 나에게도 많은 변화가 있었다.

글을 쓰기 전에는 다른 사람들의 조언과 오지랖에 상처와 스트레스를 많이 받았다. 정신과 상담까지 가지는 않았지만 우울하고 암울했다. '나는 쓸모가 없는 사람'이라며 나 자신을 많이 자책했다. 하지만 글을 쓰기 시작하면서 내 마음가짐도 생각도 달라졌다.

글을 쓰기 이전에는 시험관 시술 결과가 좋지 않거나 임신에 실패하면 울거나 우울한 감정이 오래도록 나를 지배했다.

글을 쓰고 나니 '시험관 시술은 비록 실패했지만 시험관 시술 과정들과 결과들을 하나하나 기록해 놓으면 나중에 이것도 기록물이 되니까…'라는 생각을 하게 되었고 이렇게 쓴 글들을 책으로 출간해서 많은 사람들이 읽게 되었다.

내 책을 읽고 "저도 지금 시험관 시술 중에 있어요. 도움이 많이 되었어요. 이렇게 솔직하게 써 주셔서 위로가 되네요."라는 말을 하시는 분도 있고 "많이 힘드시겠어요. 제 지인도 혹은 저도 유산 몇 번 하고 시험관 시술로 힘들게 아기를 가졌는데 공감이 되네요. 응원합니다."라고 말해 주는 분도 계신다. 글을 통해 다른 사람과 가까워지고 공감대를 형성할 수 있어서 좋다. 또, 다들 말을 안 해서 그렇지, 힘든 과정을 다 겪으셨다는 말에 나도 많은 위로를 받았다. 이것이 바로 글의 힘이다.

나는 글의 힘을 믿는다.

말은 한번 뱉으면 주워 담을 수 없고 휘발성이 강하지만(녹음을 하지 않으면) 글은 기록에 오래 남는다.

그래서 나는 말조심보다 글 조심하라고 말하고 싶다.

글의 힘을 무시하지 말자. '글을 못 쓰는 사람은 없다. 기록되지 않은 글만 있을 뿐.', '평범한 사람이 쓰고 보통의 사람들이 읽는다. 당신의 상처를 별로 만들어라.'라고 내가 좋아하는 김민 작가님이 말씀해 주셨다. 글을 못 쓰는 사람보다 안 쓰는 사람이 더 많다. 글로 기록해 놓으면 훗날 다시 봤을 때 소중한 추억을 떠오르게 해 주는 하나의 매개체가 된다. 나도 글을 쓰면서 힘들었던 감정들을 떨치고 지금은 긍정적으로 잘 살아내고 있다.

그래서 나는 더 글의 힘이란 걸 믿는 편이다. 어찌 보면 글이 나를 살린 것 같다.

계속되는 시험관 시술의 실패로 좌절하고 힘들었는데 글을 쓰면서 극복해 나가고 있으니. 글을 무조건 쓰자. 한 줄이라도 괜찮으니 매일 쓰자.

1-5.
시들어가는 꽃에 물을 주다

김지윤

　　알제름 그뤼 신부는 그의 책『너 자신을 아프
게 하지 말라』에서 사람은 누구나 자기만의 방식으로 자신의 하
나님을 찾고 있다고 했다. 신을 믿든 아니든 우리는 평생 영혼의
안식처를 찾아 헤매고 있는 건 아닐까?

　어린 시절, 나는 책과 글쓰기를 내 안식처로 여겼다. 소위 문
학소녀라 불리는 아이였으며 예체능에는 영 재주가 없었지만,
당시 유행하던 교내 백일장이나 편지쓰기 대회에서 자주 1등을
했다. 글쓰기로 처음 칭찬을 들은 것은 초등학교 1, 2학년 때였
던 것 같다. 매일 검사받아야 하는 일기장에 길게 쓰지 않기 위
한 꾀를 내어 쓴 게 동시였다. 낙엽이라는 제목에 "누가 만들었
을까? 누가 떨어뜨렸을까?" 이렇게 단 두 줄의 시를 적어냈는데
야단을 칠 거라고 생각했던 예상과는 달리 선생님께서 동시를
잘 썼다고 칭찬해 주셨다.

중학교 1학년에는 국어 과제로 쓴 수필을 보고 나신 국어 선생님께서 그 수필이 적힌 공책을 1학년 전체 반마다 돌리며 수필을 이렇게 쓰는 거라고 본보기로 삼으시기도 했다. 막연히 국어 과목을 잘하는구나, 글을 잘 쓰는구나 생각하던 나는 문예부에도 들어가고 국어 교사가 되는 것을 목표로 하게 되었다.

그런데, 중학교 2학년 혹은 3학년 때 참가한 교내 시 짓기 대회에서 내 시가 장원으로 뽑혀 다른 시들과 시화로 만들어져(당시에는 시화를 물감으로 수작업하여 이젤로 만들어 주던 곳이 있었다) 교내에 전시되었다. 스스로 그리 잘 쓴 시가 아니었기에 의아스럽게 생각하고 있던 차에 갑자기 수업 시간에 당시 국어 선생님께서 내 시에 대해 혹평하기 시작했다. 우리 학교 시 백일장 수준이 점점 떨어져 가고 있다, 그 전의 시들은 교사인 본인도 감탄할 정도로 높은 수준의 시였는데 올해의 당선작을 보니 수준에 미치지 못하는 것 같다시며 당사자인 내가 얼굴이 빨개질 정도로 거침없이 비판을 늘어놓았다.

나는 부족한 시를 장원으로 뽑아 이 모욕을 받게 한 문예부 선생님이 너무 원망스러웠다. 왜 나에게 내가 원하지도 않는 1등을 줘서 끔찍한 비판을 듣게 되었는지 생각하고 또 생각했다. 그 이후로 백일장 대회에 참여하거나, 글쓰기 관련 동아리 활동을 한 적은 없었던 것 같다. 대학에 가서야 대학 교지를 편집하는 동아리(요즘은 웹으로 교지를 내는 경우가 많다)에 가입하여 다른 사람의 글을 수정하고 편집하는 활동을 주로 했으며 문학동아리를 기웃거리다가도 선뜻 용기를 내지 못했다.

글로 옮기지 못할 인생은 없습니다

누구나 자기의 글(글이 아니더라도 그림 등의 작품)에 날 것 그대로의 비판을 듣는다면 당황하고 다시 세상에 보이는 게 주저될 것 같다. 완벽하지 않으면, 나 자신과 다른 사람에게 칭송받지 못하는 글이라면 나 혼자의 일기장에 써 내려가는 것이 낫다는 생각을 하기도 했다.

그러나, 대학 시절을 훌쩍 지나 50세가 되어서야 우연히 전자책 공저 쓰기 모임에 참여하게 되면 난 글을 다시 쓰기 시작했다. 항상 내 인생 이야기만 엮어도 한 권의 책이라던 어른들 말씀처럼 한 번 글을 쓰기 시작하자마자 내 안에서 그동안 쌓아둔 이야기들이 꼬리에 꼬리를 물고 터지듯 흘러나왔다.

외향적인 겉모습과 달리 예민하고 감성적인 나는 불면증에 시달리고 스스로 행복하지 않다 생각하며 살아왔는데 글을 쓰고 비록 10명의 저자들과 함께하는 공저라도 한 달에 한 번씩 꾸준히 책을 출판하며 내 마음의 응어리들이 녹기 시작한 것일까? 나의 심연을 내 스스로 들여다보게 된 것일까? 내 마음속 그랜드 피아노로 멋진 곡들을 자유로이 신나게 연주하고 있는 것 같다.

남들에게 좋은 사람이란 인정을 받기 위해 다른 사람의 기분을 살피며 전전긍긍해 하던 나는 이제 '내가 바라보는 나'와 '내가 바라는 나'에 집중하고 있다. 글을 쓰기 시작한 예전보다 훨씬 자유롭고 활기차다. 마치 밤의 시간에서 낮의 시간으로 나의 인생 시계가 바뀐 것처럼…. 내 마음속 그랜드 피아노로 멋진 곡들을 연주하고 있는 것 같다.

사실 글을 꾸준히 쓰기 시작하면서 이런 나를 보며 가장 기뻐해 준 사람은 다름 아닌 부모님, 특히 아버지였다. 대학교 국문과나 국어교육과에 가고 싶어 하는 나를 설득하여 초등교사가 되는 교육대학교에 보낸 아버지는 내가 좋아하는 일을 못 하고 사는 것에 마음이 아프셨나 보다. 어느 날 아버지는 함께 드라마를 보던 나에게 '여명의 눈동자'나 '모래시계' 같은 드라마를 써서 아버지 세대의 이야기를 남겨달라고 하셨다. 드라마 작가가 될 마음이나 재능은 없었지만, 아버지, 우리 부모님의 이야기를 담은 글을 언젠가 꼭 써서 보여드리겠다고 다짐했던 기억이 난다.

　　글쓰기가 시들어가는 나의 일상에 물을 준 것처럼 나는 요즘 주위 사람들에게 자신의 이야기를 꼭 글로 써서 책으로 내보라고 권유 중이다. 은근히 '책 쓰기'가 버킷리스트인 분들이 많았지만, 언젠가 할 미래의 숙제로만 여기고 있었다. 세상을 놀라게 할 책을 쓰려 한다면 평생 쓰지 못할 것이다. 오늘 하루, 순간순간의 단상과 일상들을 꾸준히 적어가기 시작하고 기록으로 남기며 용기 내어 세상에 어떤 형식으로든 내어놓는 것부터 한 걸음 시작해 보자.

나를 돌아보는 새로운 시작점

황소영

'나이가 든다는 것은 내가 하고 싶지 않은 일을 안 할 수 있는 권리가 생기는 것이다.'라고 소설가 박완서 님이 말했다. 누구보다 '열심히'를 달고 살았기에 나도 나이가 들면 정말 하고 싶은 것만 하면서 살 줄 알았다. 하지만 어찌할 수 없는 현실의 무게로 나는 매일 똑같은 일상을 되풀이하며 살고 있다.

'나이가 뭐 별거라고 그냥 살던 대로 살면 되는 거지?' 이렇게 생각하다가도 문득 '이렇게 사는 게 맞는 건가?'란 의문이 들곤했다. 나는 지난 십 수년간 나는 주로 청소년들을 만나 강의를 하고, 상담하는 일을 했다. 나이가 들면서 계속 이 일을 할 수 있을지에 대한 불안이 올라오기 시작했다. 학생들도 예쁘고 젊은 선생님을 좋아한다. 이 당연한 이치를 어찌 거스를 수 있을까?

삶의 전환점을 만들어 보고자 나는 나의 버킷리스트 한 줄에 적혀있던 어학연수를 떠나기로 마음먹었다. 꼬박 1년을 준비하고 6개월 동안 유럽의 작은 섬나라인 몰타를 다녀왔다. 외국인 친구들도 만들고, 혼자, 또는 여럿이 여행도 하며 정말 평생 잊지 못할 꿈 같은 시간을 보냈다. 그리고 나는 작년 9월 현실로 돌아왔다.

친했던 친구의 갑작스러운 죽음의 소식과 내 몸뚱어리가 보낸 적신호로 나는 한동안 깊은 나락으로 내려갔다. 완경과 더불어 늘어난 체중과 좋지 않은 건강검진 결과. 이전과 같은 일상을 보내고 있었지만, 나는 무기력해지기 시작했다. 학생들을 만날 땐 어떻게 해서라도 에너지를 끌어 올렸지만, 1대1 상담할 땐 내담자에게 오롯이 집중하기 힘들었다. 결국 가족센터의 상담을 잠시 쉬어야 할 지경에 이르렀다.

도대체 뭐가 문제일까? 나는 돌파구를 찾으려 노력했다. 그리고 새로운 꿈을 꾸기 시작했다. 나는 변화를 갈망한 것이다. 다이어리에 적혀있던 나의 버킷리스트들을 다시 찬찬히 살펴보았다. 그중 하나인 나만의 공간 만들기로 작은 상담센터를 시작하기로 마음먹었다. 센터를 계약하고, 약간의 인테리어를 하고, 센터를 오픈하려고 했으나 자신이 없었다. 센터에 오는 내담자들을 기다리는 것보다 익숙한 학교 강의가 더 편했다. 기다림의 시간이 필요한 건 알았지만 당장의 여유가 없었기에 나는 다시 몸을 바삐 움직이면서 출강과 상담을 했다.

글로 옮기지 못할 인생은 없습니다

학생들을 만나고 집으로 돌아올 땐 왠지 모를 공허함이 나를 붙들고 놓아주지 않았다. 그러던 중 지난 6월 '친정엄마'를 주제로 한 공저 모집을 보게 되었다. 글을 보는 순간 그동안 소원했던 엄마가 생각났다. 내가 생각했던 모든 것들을 잠시 접어두고 공저 책 쓰기 멤버로 참여했다.

오래전 TV에서 EBS 다큐프라임에서 〈마더 쇼크〉란 프로그램을 보고 충격을 받은 적이 있다. '모성 대물림'이란 주제로 엄마에게 받은 영향이 자녀의 육아에 영향을 미친다는 것이다. 나는 상담하면서 많은 엄마들을 만났다. 자식을 잘 키우고 싶은데, 뜻대로 되지 않은 내담자들, 남편과 좋은 관계를 유지하고 싶은데 어려움을 겪는 내담자들. 문제의 원인은 다양한 곳에 찾을 수 있지만, 그중 유독 많은 영향을 미쳤던 것은 어린 시절 부모와의 관계였다.

얼마 전 상담을 했던 젊은 부부를 생각하면 지금도 마음 한구석이 짠하다. 아내를 상담하면서 아내에게 투사(내담자의 사연을 내 사연으로 생각하게 되는 현상)가 되어 마음이 한참 힘들었다. 어린 시절 부모의 이혼과 가출로 부모의 사랑을 제대로 받지 못했던 내담자가 아내를 정말 사랑하는 배우자를 만나 결혼했지만 오롯이 남편의 사랑을 받아들이지 못해 힘들어하고 있었다. 우리의 지난 삶의 자취는 어떤 형태로든 현재의 삶에 영향을 미칠 수밖에 없다. 하지만 과거를 해석하고 받아들이는 건 온전히 현재 자신의 몫이다. 그것이 아프고 힘든 과거라 할지라도….

상담을 공부하면서 나는 나를 온전히 받아들이는 시간을 가졌다. 한동안은 괜찮았다. 그랬던 나의 삶이 어느 순간 뒤죽박죽이 되어버렸다. 제2의 사춘기라 불리는 갱년기를 보내며 나는 다시 힘겨운 감정의 소용돌이로 들어갔다. 친정엄마란 주제로 글을 쓰면서 나는 어렸던 나를 다시 만났고, 아주 작은 나를 사랑해 주셨던 엄마를 다시 만났다. 나와 엄마의 지난 시간을 되돌아보며 정리하는 시간을 갖게 되었다. 한 걸음 더 나의 삶의 깊은 곳으로 다가가게 되었다.

공황장애를 이긴 글쓰기

정지은

아무 이유 없이 자꾸만 초조해졌다. 심장은 간헐적으로 불규칙하게 뛰고, 마치 바늘에 실을 꿰어 가슴을 관통해 등 뒤로 빼내어 당기는 것처럼 갑갑해져 숨을 시원하게 쉴 수가 없다.

한의원도 다녀보고, 흉부 CT도 찍어보았지만 나오는 병명이 없었다. 결국 대학병원에 입원해 심장 조영술을 했다. 역시 유의미한 결과를 얻지 못하자 입원한 지 3일째 되는 날 밤, 내 병실로 정신건강의학과 담당의가 올라왔다. 그리고 별다른 설명 없이 건네주는 약 봉투 하나를 받아먹었는데, 그날 밤 난 근 몇 년 만에 가장 달게 잠을 잤다.

그렇게 공황장애가 찾아왔다. 진단이 떨어지고 약을 복용하기 시작했다. 항불안제와 항우울제.

"내가 정신과 약을?" 가장 견디기 어려운 부분이었다. 그리고 도저히 납득할 수 없었던 것은 "대체 내가 왜?"였다.

큰아이가 만 3세, 작은 아이는 이제 11개월. 아직 젖도 못 뗀 상태였다. 이 정도 육아 스트레스야 누구든 겪는 것이고, 나도 어느 정도 견뎌내고 있다고 생각했었다. 난 낙천적이고, 긍정적인 성격이라 스트레스와는 무관하다. 생각했는데, 대체 왜 공황장애란 말인가? 어찌되었든 약을 복용하기 시작했으니, 급하게 둘째 젖을 떼었다. 그리고 가정보육 중이던 큰딸을 단지 내 어린이집에 입소시켰다. 계획했던 일이 아니었기 때문에 자괴감이 덮쳤다. 자괴감 때문인지, 공황장애 때문인지 모르겠지만 내 아이들을 지키지 못하는 엄마라는 생각에 우울감도 커졌다.

한동안 가족을 제외한 주변인들과의 교류를 끊었다. 내가 살려면 의식하지 못하고 있는 사이에도 나의 심리에 영향을 끼치는 모든 것들을 차단해야만 했다. '이런 나는 가족들에게 짐만 되는 게 아닌가'라는 생각이 들 때마다 마음속으로 한 가지만 부르짖었다.

"아픈 엄마라도 없는 것보단 낫다!"

그렇게 아이들만 바라보며 수년에 걸쳐 서서히 약의 용량을 줄이고, 단약을 시도했다. 기복이 있었지만 다행히 큰 어려움 없이 회복해 나갈 수 있었다. 나는 회복되는 기간 동안 아주 오랜 시간에 걸쳐 '왜 하필 나였나'에 대해 많은 고민을 했다. 그 끝에

글로 옮기지 못할 인생은 없습니다

서 내 깊은 본질과 마주할 수가 있었는데, 지금 생각해 보면 나에게 찾아온 공황장애는 내 인생에 꼭 필요한 시련이었다.

나는 완벽주의자였고, 타인의 시선을 굉장히 의식하며, 매 순간 나를 경쟁 속에 놓기를 즐기는 사람이었다. 나는 타인에게 인정받고 싶어 하고, 나의 내면은 항상 외로우며, 행복한 순간에도 그 행복을 온전히 느끼지 못하는 사람. 나는 어쩌면 불안함이 당연한 사람이었다.

집 안에 돌아다니는 노트 하나를 집어 들었다. 아무것이라도 좋았다. 아이들이 쓰다만 알림장이든, 동네은행에서 나눠준 가계부용 다이어리든. 펜의 색깔도, 종류도 가리지 않고 잡히는 대로 집어 내가 느끼는 것들을 써 내려가기 시작했다. 나는 그것을 '두 번도 읽지 않을 다이어리'라고 이름 지었다.

하루를 마무리하는 시간에 그날의 일들, 혹은 그날 생각한 과거의 일들이나 미래의 일들에 대해 떠오르는 대로 쓰기 시작했는데 어떤 날은 하루 분량이 3, 4페이지를 꽉꽉 채우곤 했다. 한번 쓴 내용은 절대로 다시 읽어보지 않았다. 읽는 순간 그 글을 썼을 때 느꼈던 감정을 다시 느끼고 싶지 않았기 때문이다.

노트가 다 채워지면 들춰보지도 않고 그대로 쓰레기통에 버렸기에 그 당시 어떤 내용들을 썼던가 잘 기억이 나지 않고 찾아볼 수도 없다. 아마도 대부분은 경력이 단절된 채 육아에 매진하며 느꼈던 설움과 울분이었던 것 같다. "여자의 일생이 어차피 이리 정해진 것이라면, 나는 내 딸들의 꿈은 묻지도 않은 채 지금부터 살림과 육아만을 가르치겠다."라고 쓴 것만 기억이 나니 말이다.

'너무나 대단한 일'을 하러 주말에도 출근하는 남편과 남편만큼 벌어오지 못할 거면 애를 보는 것이 당연하다는 시어머니. 안정된 직장인 공무원으로 복직을 서둘렀으면 하는 친정부모님의 기대와 살림도 육아도 여느 엄마들처럼 능숙하게 해내지 못하는 자신에 대한 원망. 이 모든 것들을 섞어서 비틀어 짠 글들이 매일매일 한가득 쏟아졌다.

쌓여가는 일기장을 버릴 때마다, 그곳엔 스치기만 해도 바스러져 버리는 내 안의 가장 약한 '나'만 남아있었다. '완벽하지 못함에 불안을 느끼는 내면의 나'였다.

나는 나를 평가한다고 느껴졌던 다른 이들의 시선에 대해 해석하기를 그만두고, 일상의 소중한 것에 집중하며 일기장을 다시 채워나갔다.

좋은 엄마가 되어야 한다는 강박에서 벗어난 육아, 나의 심신을 갈아 넣지 않아도 되는 효도, 남편에게 의존하지 않고 혼자서도 바로 서는 아내가 되기를 다짐하는 내용들이 주를 이뤘다.

어느 순간 나는 내 공황장애가 아주 적절한 시점에 나에게 찾아왔다는 생각까지 들었다. 나를 숨 막히게 했던 공황장애는 오히려 나를 숨 쉬게 해 주었는데, 이는 '쓴다는 것'을 통해 가능했다.

나는 이제 '두 번도 읽지 않고 버리는 일기'는 더 이상 쓰지 않는다.

세 아이를 키우는 바쁜 일상 속, 작지만 보석 같이 반짝이는 부분을 찾아내어 그것에 대한 글을 SNS에 기록 중이다. 그렇게 쓴 글들은 어느 날엔 책이 되기도 했고, 어느 날엔 포털사이트 메인에 걸리기도 했다.

치열했던 엄마 인생 전반부가 끝나고, 후반부를 재미있게 만들 도구로 나는 글쓰기를 선택했다. 대체 어떠한 힘이 있는지 미처 알아채기도 전에 본능적으로 써 내려간 일기가 나를 살렸듯이, 나의 글쓰기가 내 삶에 있을 크고 작은 난관들에 처방전 없는 비상약이 되어줄 것으로 기대하고 있다.

1-8.
작가가 되고 싶었습니다

한미숙

모임이나 교육을 가면 자기소개 시간이 있다. 왜 그랬는지 모르지만 몇 년 전부터 나는 '죽기 전에 내 이름으로 된 책 한 권 쓰고 싶다.'고 소개했다. 입으로 말은 그렇게 했지만, 글을 쓰지는 못했다. 아니, 쓰기는 시작했다. 그러나 일주일을 가지 못했다. 즐기던 일이 아니었고 꼭 내가 해야만 되는 일도 아니기에 미루는 일이 반복됐다. 글을 쓰지 못하는 이유를 나열하면 백 가지가 넘었다.

마음속으로는 간절히 원했지만, 몸이 따라주지 않았다. 하지만 간절히 원하면 이루어진다는 말처럼 어느 날 우연히 SNS에서 100일 글쓰기 모임 모집 안내 글을 보았다. 고민이 시작되었다.

글을 써본 적도 없는 내가 과연 쓸 수 있을까?
주말에도 쉬지 않고 쓴다는 일이 가능할까?

글로 옮기지 못할 인생은 없습니다

나 같이 끈기가 약한 사람이 100일을 해낼 수 있을까?

한 번은 꼭 해 보고 싶은 일이기에 댓글을 남겼다.

 '글을 잘 쓰지도 못하고, 그냥 단순히 하고 싶은 마음만 있습니다. 할 수 있을까요?'
 '마음이 있다면 함께하시면 됩니다.'

리더인 선생님은 흔쾌히 함께하자고 말씀하셨다.

책을 좋아해 무조건 읽기도 했었다. 필사와 독서 밴드 리더로 진행도 해 봤다. 그러나 글을 쓴다는 건 책 읽기와는 다른 일이다. 한 번도 글쓰기 공부를 해 본 적이 없다. 내가 할 수 있는 건 오로지 무식하게 꾸준히 매일매일 쓰는 방법이 전부였다. 나와의 약속, 그리고 리더인 선생님과의 약속을 지키기 위해서다. 미션 마감 시간인 12시를 넘기지 않기 위해 하던 일을 멈추고 먼저 글을 썼다. 어떤 날은 주는 주제가 너무 어려워서 모니터를 째려보고, 머리를 쥐어 짜내다 결국은 아무 말 대잔치로 끝냈던 날들이 수두룩했다. 쓰면서 실력이 늘어나리라 생각했는데, 쓸수록 어려워졌다.

그렇게 시작한 글쓰기는 어려웠지만 100일 동안 한 번도 빠지지 않고 미션을 성공했다. 글을 잘 쓰지는 못했다. 잘 쓴 글이 어떤 것인지 몰랐다. 글을 쓰면서 나의 부족함과 무지가 점점 드러나면서 창피했다. 하지만 그냥 썼다.

100일 미션을 수행 중에 리더인 선생님이 함께 공저를 내보기를 제안했다. 하고 싶은 마음은 강렬했지만, 또 고민했다. '이런 글솜씨로 책을 낸다고?' 하지만 이 기회를 놓치면, 다시는 내가 책을 낼 기회가 없을 것 같았다. 무식하면 용감하다고 나는 책을 내겠다고 했다. 그리고 공저 책이 2022년 6월에 나왔다. 드디어 작가의 꿈이 이루어지는 순간이었다.

공저 책 발간과 상관없이 100일 미션 후 혼자 글쓰기를 계속했다. 아직 글쓰기 실력이 향상되었다고 생각하지 않는다. 다만 1,000일 동안 매일 쓰겠다는 나와의 약속을 지키고 싶다. 지금도 매일 블로그에 글을 쓴다. 글을 쓰려니 하루 종일 어떤 주제로 써야 할지 머릿속에서 고민이 끊이지 않는다. 책도 읽을 수밖에 없다. 글을 쓰면서 늘 제자리걸음인 듯한 내 글솜씨에 가끔은 이렇게 써야 하는 게 맞나 싶은 생각도 든다.

매일 쓰는 것이 나의 글쓰기 실력 향상에 얼마나 도움이 될지 고민한다. 고민에 대한 답을 찾을 수가 없다. 물론 인생도 글쓰기에도 정답은 없다. 누구든지 자신에게 맞는 방법만 있을 것이다. 다른 사람에게 맞는 방법이 나에게도 잘 맞을 수는 없다.

중학교 시절, 고등학교에 입학하기 위해서는 시험과 함께 체력 검사를 했다. 체력장에는 '오래달리기' 종목이 있었다. 800미터 달리기였다. 운동장을 네 바퀴 도는 것이다. 나는 운동을 못한다. 운동 신경도 없다. 다른 종목들은 점수를 겨우 받았다. 하지만 마라톤과 오래달리기는 속도보다 완주가 중요하다. 처음부터 빠르게 달리다 중간에 지쳐 완주하지 못할 경우는 점수를 받을 수 없다. 운동이 약점인 나는 빨리 달리지는 못하지만, 끝까지는 달렸다. 빨리 달리는 것이 이기는 것이 아니라 완주하는 것이 승리하는 것이다. 꾸준히 하려면 나의 속도대로 가는 것이 중요하다.

글도 마찬가지다. 글이 안 써져도, 글을 잘 못 써도, 나와의 약속을 지키면서 나의 속도와 리듬에 맞춰서 쓰면 된다. 하고 싶은 일이 있다면 그냥 하면 된다. 다른 사람과 비교하면서 우울해하지 말고 나의 길을 향해 가면 된다.

인생이란 정답은 없고 자신에게 맞는 해답을 찾아가는 과정이니까 그 길을 그냥 묵묵히 가자! 매일 쓰는 사람이 작가라는 말처럼 오늘도 나는 작가로 하루의 일과를 정리한다.

1-9.

감정을 만나 따뜻해졌다

양지욱

            일기는 과거를 되살리기에 최적화된 글쓰기다. 쓰면 쓸수록 수면 아래 가라앉았던 슬픔, 아픔, 기쁨 등 감정의 찌꺼기가 스멀스멀 올라온다.

  지난밤 8시에 잠을 잤다. 새벽 3시에 일어났다. 일어나자마자 볼펜을 쥐고 일기장을 열었다. 2학년 9반 학생들에게 화를 냈던 일이 떠올랐다.

  6교시 수업 종이 울렸다. 9반은 진로교과실 맞은편에 있다. 문을 열고 서너 걸음 움직여 교실에 들어갔다. 아이들은 사방에서 떠들고 있다. 아무도 아는 척을 안 한다. 1분 정도 서서 떠드는 아이들을 쳐다보았다. 자기가 하는 일을 계속한다. 떠들고 싶을 때까지 떠들라고 앞문을 열고 복도로 나왔다. 계속 떠들었다. 복도까지 소리가 새어 나온다. 문을 열고 들어갔다.

글로 옮기지 못할 인생은 없습니다

"다 떠들었어?" 내 목소리가 칼칼하다. 여학생 누군가 "조용히 해."라는 소리를 내뱉었다. 저마다 하던 말을 멈추었다. 서로 쳐다보았다. 침묵이 교실을 한 바퀴 휘돌고 나갔다.

일기 쓸 때 있었던 일을 먼저 자세히 쓴다. 상황이 벌어진 이유가 무엇 때문이지? 이전에는 갈등이 생기면 원인이 상대방에게 있다고 생각했다. 지금은 어떤 문제 때문일까? 하고 글을 쓰며 나의 원인을 찾아 성찰한다. '그래. 하루아침에 생긴 현상은 아니지. 학생들이 원하지 않는 수업이어서? 필요로 하는 수업이 아니어서? 그렇다면 내년에는 어떻게 할까. 해결 방법에 필요한 아이디어를 떠올린다. 1학년 수업을 맡아야 한다. 고객인 1학년 학생들이 원하는 1년 수업 계획을 1월과 2월에 꼼꼼히 작성하고 실행에 옮겨야지.' 하고.

감정 쓰레기를 사람에게 던지지 않고 일기장에 버렸다. 맑게 살기 위해서 글을 썼다. 감정에 마침표를 찍음으로써 하루가 흐르기 시작한다.

일기를 쓰면서 완전히 벗은 나를 자주 만났다. 사오십 년 전 나를 만나는 날이면 자꾸 도망치고 싶었다. 그래도 날마다 어제를 가져와 손끝에서 다듬어 부스러기들을 전부 치우고, 알맹이만 남긴다. 가끔은 그 알맹이를 보면서 오래도록 숨죽여 울곤 했다. 그러다 어느 순간 부정적인 마음이 사라지고, 좋았던 기억들이 하나둘 떠올랐다. 행복했던 순간을 조각조각 찾아냈다. 그것을 이어 부끄럽지 않은, 순수했던 나를 찾았다. 셰퍼드 코미나스

박사도『치유의 글쓰기』에서 "일기 쓰기는 자신을 소통하는 차원을 넘어서 몸과 마음과 영혼까지 치유하는 가장 효과적인 수단이다."라고 말했다.

글을 쓸 때마다 심장이 내 몸과 마음을 두드린다. 좋아하는 언어 열매를 건져 올린다. 그 언어로 상상하고, 문장을 만든다. 희열을 느낀다. 버지니아 울프처럼 못 쓰면 뭐 어떤가. 글 쓰는 나를 사랑한다.

인생이 글쓰기로 달라질 수 있을까. Q&A(365개의 질문*5년*1,825개의 답) 노트에 매일 글을 쓰기 시작했다. 5년 동안 같은 질문에 대한 답을 5번 쓴다. 2022년 7월 28일 쓰기 시작했다. "오늘 하루가 힘들었던 이유는?"이라는 질문에 대한 답을 올해 썼다. "5시 30분부터 12시까지 작곡가를 만나 〈하얀 이별〉 동영상을 완성했다."라고. 누적된 시간 속의 결과물이 나를 빛나게 만들었기에 전혀 힘들지 않았다.

매일 새벽마다 나에게 묻는다. 나와 직접 대화하는 시간이다. 답을 쓰면서 나에게 관심을 가지게 되었다. 내가 나에게 관심이 없다면 누가 나에게 관심 가져 줄까. 나에 대하여 가장 궁금한 사람은 나여야만 한다. 내가 내 삶을 움직이고 있기 때문이다.

글은 쓴 사람을 닮는다. 좋은 글을 쓰고자 하는 마음은 후회 없는 삶을 살고자 하는 마음이다. 잘 살면 진심을 담은 글을 쓸 수 있기에 하루 삶에 정성을 다한다. 시간을 헛되이 보내지 는다.

조카가 선물을 보냈다. 꾸러미 안에 편지가 들어 있어 꺼내 읽었다.

양지욱 숙모님께서 주신 책『나는 백 살에 가장 눈부시고 싶다』를 잘 읽었습니다. 책을 쓰는 것에 대해 니체는 다음과 같이 말했습니다.

"책을 쓴다는 것은 무엇을 가르치기 위함이 아니다. 독자보다 우위에 있음을 과시하기 위함도 아니다. 책을 쓴다는 것은 무엇인가를 통해 자기를 극복했다는 일종의 증거다. 낡은 자기를 뛰어넘어 새로운 인간으로 탈피했다는 증거다. 나아가 같은 인간으로서 자기 극복을 이룬 본보기를 제시함으로써 누군가를 격려하고자 함이요, 겸허히 독자의 인생에 보탬이 되려는 봉사이기도 하다."

덧붙여 책을 쓴다는 것은, 인생은 제로섬 게임이 아니라 모두가 서로 도움이 될 수 있다는 가장 큰 증거라고 생각합니다. 이제 작가로 새 인생을 시작하는 양지욱 숙모님께 작가들의 작가라 불리는 보르헤스의 책『작가』와 차(茶)를 선물합니다. 항상 건강하시고, 좋은 글도 많이 집필하시길 독자로서 응원합니다.

새벽 4시에 일어났다. 50세가 거의 다 된, 한 번도 얼굴을 보며 대화하지 않았던 조카에게 문자를 보냈다.

"보내준 선물, 책, 편지 잘 받았네. 세상에 태어나 이렇게 멋진 선물은 처음이네. 철학을 부지런히 공부한 조카가 부러운 시간이야. 책을 쓰면서 생각의 부족함을 뼈저리게 느끼고, 이제 조금씩 공부할 생각이네.

책을 보낸 이유는 조카가 내 책을 읽고 글을 썼으면 하는 바람이 있어서 그런 것이야. 책을 처음 쓸 때부터 조카를 염두에 두었네. 살아왔던 모든 아픔을 책으로 쓰고 훨훨 털어버리게나. 조카의 깊은 철학적 사유를 사랑한다네."

이렇게 내가 쓴 글을 읽고 응원하며, 다음 글이 나오기를 기다리는 사람이 있는데 어떻게 글을 쓰지 않겠는가?

나는 과거를 되살려 섬세한 감정으로 솔직하게 살고 싶어 오늘도 글을 쓴다.

한 편의 글은 삶이 되고, 한 편의 삶은 다시 글이 되어 조카에게도 따뜻하게 흐르기를 바란다.

글로 옮기지 못할 인생은 없습니다

나를 구원해 준 한 줄기 빛

장혜숙

오래전 일이다. 비가 오는 날 약속이 있어서 인사동을 향해 걸어가는데 웬 남자가 우산 속으로 쓰윽 들어왔다. 당황해하는 나에게 30대 초반으로 보이는 사내는 도를 공부하는 사람인데 꼭 전해 주고 싶은 말이 있다고 했다. 그리고는 대뜸 "하늘에 쌓은 공이 큰데 지상에서의 삶이 만만치 않게 힘들 겁니다."라고 말했다. 나는 뭔 귀신 씨나락 까먹는 소리인가 싶으면서도 신혼 초에 남편과 잦은 갈등으로 힘든 시기였기에 그의 말이 예사롭게 들리지 않았다.

그래서 그에게 한마디 건넸다. "아니, 하늘에 쌓은 공이 크면 잘나가야 하는 거 아니에요."라고. 그 사내는 친절하게 예를 들어서 설명을 해 주었다. "전장에서 장수가 큰 공을 세우려면 사람을 많이 해치게 되는데 그 영혼들이 지상에서 힘들게 하는 것과 같은 형상입니다."라고. 그리고 "이승에서 업을 잘 풀어야 다음 생이 편안해집니다."라는 말을 덧붙이고는 홀연히 빗속으로 사라져 갔다. 꿈을 꾸듯 멍한 시선으로 사내의 뒷모습을 한참 바라보았다.

2남 4녀 중 둘째 딸인 나는 어린 시절부터 유난히 병치레를 많이 했다. 90이 넘은 아버지는 지금도 나를 데리고 이 병원 저 병원 전전하며 애를 태우셨던 이야기를 하신다. 내가 안쓰러우셨는지 부모님은 좋은 옷과 귀한 음식이 생기면 아들보다도 먼저 나를 챙겨주셨다. 소소한 일에도 입에 침이 마르도록 칭찬을 아끼지 않으셨다. 사랑을 듬뿍 받고 자라서 자신감이 충만했고 매사에 긍정적이고 밝게 생활했다. 부족함이 없으니 결혼 적령기가 되었어도 결혼에 대해서는 별 관심이 없었다.

그런데 여동생 둘이 연달아 나를 추월해서 결혼했다. 아버지는 명절이나 집안 대소사가 있을 때면 내색은 하지 않으셨지만, 은근히 걱정하는 모습을 보이셨다. 그래서 별생각 없이 베트남이나 필리핀의 결혼이주여성들처럼 배우자에 대한 충분한 정보나 이해도 없이 단기간에 모험하듯 결혼했다. 어려운 숙제를 한 것처럼 마음이 가벼웠다. 나는 어떤 남자를 만나서 결혼하든 정체성이 흔들리지 않을 자신이 있었다.

그런데 오래지 않아 그것이 오만함이었음을 깨닫게 되었다. 남편은 6형제 중 막내였다. 우리 집은 딸이 여럿이라서 분위기가 화기애애했다. 반대로 시댁은 남성중심적이고 보수적인 성향이 강해서 그런지 감정표현도, 공감 능력도, 세심함도 부족하여 재미라고는 눈을 씻고 찾아봐도 없었다.

자신감으로 세상이 만만하게 보였던 나는 결혼생활이 갑갑하고 막막하게만 느껴졌다. 그래도 인내하면서 좌충우돌 결혼생활을 이어갔다. 감내하기 어려운 순간이 오면 가끔 인사동에서 우연히 마주쳤던 도인의 말을 상기했다.

"그래, 내가 전장에서 큰 공을 세우기 위해 전생에 씨몰살을 했을지도 모를 일이다."라고 최면을 걸면서 전생에서 지은 업을 잘 풀어 보려고 무던히도 애를 썼다.

그런데 명절이면 별것도 아닌 일로 갈등을 겪었다. 싸움은 늘 작은 불씨가 큰 산불로 번지듯 그렇게 시작되었다. 명절이라 시댁에 가기 위해 장도 보고 선물도 준비하고 이것저것 챙기느라 무척이나 분주했다. 드디어 시댁을 향해 출발!

차를 타고 가다가 시장기가 느껴져서 빵 한 조각을 오물거리면서 맛있게 먹고 있는데 남편이 "당신은 차만 타면 뭘 그렇게 주전부리를 해."라고 타박을 했다. 나는 시댁에 늦을까 봐 서두르느라 아침도 거른 상태라서 아침 겸해서 먹고 있었는데 속도 모르고 눈치 없이 잔소리하는 걸 듣고 있자니 은근히 열이 났다. 먹을 때는 개도 안 건드린다는 속담도 있지 않은가! 이번 명절도 출발부터 삐그덕삐그덕 조짐이 심상치 않았다.

명절 음식을 준비하느라 주방에서 형님들과 오랜만에 즐겁게 수다를 떨었다. 그리고 홀가분하게 친정을 향해 출발하려는데 차 안에서 남편이 또 한마디를 한다.

"주방에서 형수님들하고 뭔 얘기가 그렇게 많아. 실없는 얘기 많이 하지 말라고, 괜히 실수하지 말고."

나는 힘들게 음식 차려내고 설거지까지 하느라 그렇지 않아도 허리가 뻐근하고 지쳐있는데 수고했다는 말은 못할망정 엉뚱한 소리를 듣고 있자니 참을 수가 없었다. 나도 그렇고 형님들도 직장생활을 하느라 마음 편히 만나서 정담을 나눌 틈도 없었는데 명절날 오랜만에 수다를 떠는 게 뭐 그렇게 지적당할 일인지 생각할수록 억울하고 열불이 나서 달리는 차 안에서 고성이 오갔다. 결국 갓길에 차를 세우고 옥신각신 작렬하게 전사할 각오로 싸웠다.

이렇게 명절 끝은 여지없이 전쟁의 상흔으로 우울감이 몰려왔다.

그렇지만 이렇게 우울하고 힘든 상황에서도 나를 구원해 주는 한 줄기 빛이 있었는데 그것은 바로 책 읽기다. 아무리 마음에 힘든 일이 있어도 책을 읽으면 책과 환상적인 연애를 하듯 이야기 속으로 깊이 빠져들어 공상의 나래를 펼치곤 한다. 그러면 모든 근심은 사라지고 마음은 어느새 고요한 호수가 되었다. 그래서 외출이나 여행을 떠날 때면 언제나 책부터 챙기는 습관이 있다.

어느 봄날 오도카니 앉아서 책을 읽다가 햇살이 너무 좋아서 외출준비를 하고 꽃시장과 종묘사로 향했다. 화사한 꽃을 보고 종묘사에 들러 다양한 꽃씨를 살펴보았다. 제라늄 꽃씨는 바람에 잘 날아가도록 날개가 가늘게 달려있었고 모란 꽃씨는 검은 콩처럼 생겼는데 무척 크고 튼실해 보였다. 꽃씨 봉투에는 씨앗을 찍은 사진과 함께 꽃의 특성과 생육 환경에 대해 빼곡하게 쓰여 있었다. 모양이 제각각인 꽃씨를 살펴보다가 문득, "아, 태생부터 이렇게 모두 모양과 생육 환경이 다르구나." 하는 깨달음이 왔다. 남편과 나도 씨앗부터 태생적으로 달랐던 것이다. 거기에다가 수십 년을 다른 환경에서 자랐으니 내 생각과 일치하기를 바란 것은 참으로 어리석은 일이었음을 뒤늦게 깨닫게 되었다. 다름을 인정하고 나니 마음이 평안해졌다.

　무감각하고 자기 일에 코를 박고 있는 남편을 조금씩 이해하게 되었다. 그 후 나는 대학원에 등록해서 졸업을 하고, 좋아하는 그림도 배우고 친구들과 여행도 다니고 하면서 홀로서기를 시작했다. 가끔 좋은 강의를 들으러 발품을 팔기도 했는데 어느 날 강사님이 시작하기 전에 "여기 오신 분들은 모두 가족과 남편분께 감사해야 합니다." 하며 입을 여셨다. 잠시 후 "가족이나 남편분이 심각하게 아프면 이렇게 편하게 강의를 들으러 오실 수 있으시겠어요."라고 말씀하셨다. 곰곰이 생각해 보니 맞는 말이었다.

　내가 대학원을 가고, 취미생활을 하고, 여행과 강의를 들으러 다닐 수 있는 것도 어찌 보면 남편이 건강하고 주변이 편안해서 가능했다는 걸 새삼 깨달았다. 그동안 남편과의 관계 개선과 소통을 위해 다양한 책을 많이도 읽었는데 문득 "언제까지 남이 쓴 책만 읽다가 생을 마감할 것인가."라는 의문이 들었다. 그리고 그동안 내가 책 속에서 위로받은 것처럼 이제 나도 용기를 내서 내 이야기를 통해 누군가에게 따듯한 감동과 위안을 주고 싶다는 소망을 품게 되었다. 생각해 보니 나를 성장시킨 일등 공신은 남편이었다. 고통스러운 십자가도 나를 단련하여 더 크게 쓰시기 위함이 아닌가 하는 생각이 들었다.

이제 고통의 긴 터널을 지나 글쓰기를 시작해 보려고 한다. 그리고 당당하게 나만의 정체성을 찾아 멋진 미래를 펼쳐 보이고 싶다. 글을 쓰고 있으면 도인의 경지에 이른 듯 마음이 편안하고 무아지경에 빠질 때가 많다. 여러분도 꾸준한 책 읽기와 글쓰기를 통해 자신만의 참신한 이야기를 들려주길 바란다.

글로 옮기지 못할 인생은 없습니다

50대 후반에 글을 쓰는 이유

조은애

글을 쓰는 이유는 사람마다 다를 수 있다. 하지만 50세 후반에 글을 쓰는 이유는 나의 인생을 기록하고 싶기 때문이다. 나 자신이 소중하기 때문이다.

코로나19로 사업이 어려워졌다. 예약이 줄줄이 취소되었다. 나는 무언가 해야 했다. 친구랑 수제비를 먹다가 친구가 유튜브 방송을 한다고 했다. 친구는 구속사 성경 읽기를 하면서 유튜브에 올리고 있었다. 평소에 컴퓨터를 배우고 싶다고 생각하고 있었는데 유튜브를 올린다는 말에 나도 하고 싶다는 생각이 들었다. 어디서 배웠냐고 물어보았다. 네이버를 뒤져서 협업학교라는 것을 알게 되었다.

그때부터 충북에 있는 진천협업학교에 다녔다. 일주일에 하루 시간을 내어 소풍 가는 심정으로 그곳에서 꼬박 2년을 다니면서 SNS를 터득하게 되었다. 처음 우리 기수들은 20여 명이었다.

첫날 서울에서 차를 타고 내려오다 한 친구는 사고를 당했다. 골반이 으스러지는 사고를 당했다. 큰 트럭과 부딪힌 것이다. 그 친구는 병원에서 2년을 고생하면서 겨우 걸어 다니게 되었다. 또 다른 친구 2명도 큰 차와 부딪혀 사고를 당해 병원에 입원하기도 했다.

나이가 들어서 배우겠다는 열정을 가지고 전국에서 모였는데 여러 가지 사고를 당하면서 함께한 기수들은 다 떨어져 나가고 나 혼자 남게 되었다. 나는 다행히 먼 거리를 다니면서 위험한 순간이 여러 번 있었지만 무사할 수 있었다. 나이가 들어서 먼 거리를 매주 다니는 것도 힘들고 컴맹을 탈출하는 것도 힘이 들었다. 처음에는 블로그 한 꼭지를 쓰는 데 꼬박 하룻밤이 걸렸다. 하지만 블로그를 쓰기 위해 매일 사진찍기를 게을리하지 않았다.

나는 여전히 사진을 찍고 글쓰기를 좋아한다. 글을 쓴다는 것은 재미있는 일이다. 나의 일상을 기록으로 남기면서 행복을 느낀다. 글쓰기는 이 세상에 단 하나뿐인 나를 표현하는 일이다. 나는 이 세상에 하나요, 내가 겪은 일도 하나밖에 없는 일이기 때문이다.

50대 후반까지 오랜 세월을 살아온 만큼 다양한 경험과 지식을 갖추었다. 글을 통해 그 경험과 지식을 다른 사람들과 공유하고 전수할 수 있다. 미용실에서 일하고, 사람들을 아름답게 만드는 일을 30년을 했다. 지금도 예뻐지고자 하는 손님이 있으면

글로 옮기지 못할 인생은 없습니다

먼 곳을 마다하지 않고 찾아가 봉사를 했다.

글을 쓰는 것은 생각, 감정, 이야기를 표현하는 일이다. 글을 쓰며 창작을 통해 예술적인 재능을 발휘하고 있다. 아름다운 일을 하며 떠오른 좋은 생각을 글로써 표현할 수 있다. 호기심이나 욕구가 없다면 절대 글을 쓸 수 없다. 강한 에너지는 글을 자꾸 쓰게 만드는 효과가 있다. 나는 글을 쓰기 위해서라도 에너지가 충만한 사람이 되고 싶다.

늦깎이 학생이 되어 충북 진천협업학교에 다니면서 방송통신대학교 영상미디어 학과 2학년에 편입했다. 주경야독하면서 재미나게 영상 공부를 하고 있다. 영상미디어 학과는 다른 과에 비해 젊은 사람들이 많다. 나는 그쯤에 끼어 아등바등 따라가고 있다. 어느 날은 숙제하다가 컴퓨터를 잘못 만져서 이틀 동안 쓴 것이 다 날아가기도 했다. 얼마나 나 자신에 화가 났는지 모른다. 모르면 물어서 가야 하는데 무조건 해 보고 부딪히는 성격 탓에 실수와 실패를 반복했다. 지금도 컴맹 탈출은 계속되고 있다. 모르면 컴퓨터를 뒤지고 책을 찾아가며 알아가는 재미는 나의 기쁨이기도 하다.

나는 왜 이렇게 공부에 빠진 걸까? 생각해 보니 젊은 시절, 4년제 대학에 합격했는데 집안 형편이 어렵다는 이유로 간호대학에 가게 되었다. 어렸을 때 가고 싶은 데를 못 갔던 게 한이 되었나 보다. 그래서 틈만 나면 책을 읽는다. 차로 이동을 하면서 내 차에는 책들로 가득하다. 보고 싶은 책을 보고야 말기 때문이다. 친구들과 수다를 늘어놓는 것보다 책을 읽는 게 더 재미있다. 나이가 들어서도 글을 쓰는 이유는 책을 읽고 글을 쓰는 문학소녀가 되고 싶어서다.

글을 쓰는 것은 과거의 기억과 경험을 기록하는 것이기도 하다. 어렸을 때 있었던 일들과 기억에 남는 일들을 기록한다. 50세 후반에 글을 쓰며 지난날들을 회고하고 인생의 여정을 돌아보며 나의 성장과 변화를 기록할 수 있어서 감사하다.

글은 사람들에게 도움과 위로를 주는 힘을 갖고 있다. 글을 쓰면 자신의 이야기와 지혜를 통해 다른 사람들에게 용기와 희망을 전할 수 있다.

글로 옮기지 못할 인생은 없습니다

모든 글쓰기는 작은 사건에서 시작된다

박진선

갑작스런 펜데믹, 그리고 비대면. 조금은 여유로운 일상이 되었다.

다들 정신없이 혼란스러워했다. 물론 나도 혼란스러웠으나 반복되던 지루함이 조금은 깨진 것 같아 아주 살짝 신나는 기분도 은은히 들었다. 길고 심각할 거라 예상하지 못했기에. 그 처음은 즐거웠다.

색다른 수업 준비들이 주는 긴장감에 다뤄야 하는 기기들도 많아지고 스트레스도 늘어났다. 들어오는 요구사항이 가지각색이었다. 경력 20년이 다 되어가는 내게도 낯선 요구사항들이었다. 당연히 처리할 때마다 진땀 뺐다. 쌓이는 스트레스를 일기장에 쏟아놓는 날이 많았다. 하지만 일기장이 감당할 수준이 아니었다. 뭔가 변화가 필요했다. 때마침 내게 구원의 손길을 내어주신 선생님의 도움으로 〈닥치고 글쓰기〉를 알게 되었다. 비대면 글쓰기 문화센터 정도로 이해했다. 어렵지 않을 것이라고 생각했던 그 용기는 무엇이었을까? - '무식하면 용감하다'는 옛 어른들의 말씀이 딱 맞다 - 그 당시엔 나 스스로를 무척이나 원망했다. 하지만 이제야 돌이켜보면 그때의 내가 고맙기도 하다. 이렇게 아직도 글과 마주하고 있으니 말이다.

그렇게 닥치고 글쓰기 - 30일 글쓰기 챌린지를 시작으로 '황상열' 작가님을 만나게 되어 꾸준한 글쓰기 습관을 만들기 시작했다. 처음에는 글을 쓰는 것에 대한 두려움과 부족함을 느꼈지만, 매일 주어지는 주제에 맞춰 짧은 문장부터 시작하여 꾸준히 글을 쓰면서 나의 이야기를 표현 할 수 있는 힘을 발견했다. 글을 쓰는 과정을 통해 나의 생각과 감정을 정리하고 또한, 글을 통해 새로운 관점을 얻고 창의적인 사고를 발전시킬 수 있었다.

글쓰기의 중요한 점은 꾸준함이다. 그 힘을 저희 모두가 누리기를 바라는 작가님의 마음이 느껴졌기에 감사했다. 감사한 마음을 기틀 삼아 30일 글쓰기 챌린지에 매진했다. 이를 통해 꾸준한 글쓰기 습관을 기를 수 있었다. 매일 조금씩이라도 글을 쓰는 습관을 만들면, 글쓰기는 우리의 일상이 되어 훨씬 자연스러워진다. 나는 30일 동안 매일 - 매일은 아니지만 거의 매일처럼 꾸준하게 - 글을 쓰면서 놀라운 변화를 경험했다. 글쓰기는 내 삶에 새로운 에너지와 창조적인 새로운 페이지를 가져왔다. 이 경험을 통해 나는 더 많은 사람들에게 〈닥치고 글쓰기〉 - 치유의 글쓰기 - 의 가치를 알리고자 한다.

평범한 내가 글쓰기를 통해 내면의 나를 찾을 수 있었기에 누구든 글쓰기를 통해 내면의 자신을 찾을 수 있다고 믿는다. 우리에게서 글쓰기란 다음과 같은 의미를 가지게 되는 것이다.

① 자기 표현의 수단

글쓰기는 그 사람에게 자신의 생각, 감정, 경험을 표현하는 수단으로서 의미를 갖는다. 평범한 사람이라도 자신의 글을 통해 내면의 이야기를 표현하고, 그것을 통해 자신의 아이덴티티와 가치를 탐색하고 발견할 수 있다.

② 자기 탐색과 성장의 도구

글쓰기는 평범한 사람에게 자기 탐색과 성장을 위한 도구로써 의미를 갖는다. 글을 통해 자신의 내면을 탐색하고, 그 과정에서 새로운 인사이트를 얻고 성장할 수 있다. 내면의 나를 글쓰기를 통해 발견하고 발전시키는 과정은 평범한 사람에게 큰 의미가 된다.

③ 자기 이해와 자아 강화

글쓰기는 평범한 사람이 자기 이해와 자아를 강화하는 데 도움을 줄 수 있다. 내면의 나를 글로 기록하고 분석함으로써 자신을 더 깊이 이해하고, 자신의 강점과 약점을 인식하며 자아를 강화할 수 있다.

④ 감정의 정리와 해소

글쓰기는 평범한 사람에게 감정의 정리와 해소를 위한 공간을 제공한다. 글을 통해 내면에 존재하는 감정들을 표현하고 기록함으로써 감정을 정리하고 해소할 수 있다. 이를 통해 평범한 사람은 더 건강하고 안정된 정서적인 상태를 유지할 수 있을 것이다.

⑤ 독자와의 공유, 그리고 연결

글쓰기는 평범한 사람에게 독자와의 공유 및 연결을 위한 수단으로서 의미를 갖는다. 자신의 글을 다른 사람들과 공유하고 소통함으로써 평범한 사람은 다른 이들과의 연결과 공감을 경험하고, 그것을 통해 인간적인 연결과 의미를 찾을 수 있을 것이다.

그리하여 난 여전히 오늘도 읽고 쓰는 일상을 살며, 이러한 글 쓰는 삶을 추천한다.

글로 옮기지 못할 인생은 없습니다

쓰는 인생이라 다행입니다

황상열

'오늘은 또 어디로 가야 할까? 몇 시쯤 되었을까?'

아침과 밤의 구분이 없어진 지 오래다. 요일 개념도 사라졌다. 매일 누워만 있다 보니 루틴도 다 깨졌다. 불과 며칠 전까지만 해도 허겁지겁 출근해서 밀린 업무를 처리하느라 바쁘게 지냈는데, 이젠 그럴 일도 없어졌다. 왜 나에게 이런 일이 났는지 한숨만 나왔다. 누워 있지만 제대로 잠을 푹 잤는지 기억도 없다.

앞으로 어떻게 살아야 할지 깜깜했다. 어떤 방법도 떠오르지 않았다. 아무것도 보이지 않는 두려움이 나를 더 수렁에 빠지게 했다. 감정도 생각도 좋게 바꾸려고 했지만 잘 되지 않았다. 이미 이 세상에서 버려지고 쓸모없는 존재라고 생각하다 보니 더 비참했다.

몇 날 며칠을 이렇게 지내다 보니 무기력해졌다. 삶의 의욕이 없으니 죽고 싶다는 생각만 들었다. 처자식도 있는 내가 이런 생각을 하는 것 자체가 지금 생각해도 어이가 없었다. 가장의 역할도 하지 않으면서 혼자 힘들다고 생각하는 것 자체가 사치였으니까. 그렇게 지내다가 몇 번의 안 좋은 계기를 거치면서 생각을 바꿀 수 있었다. 일단 살자. 살아야 다른 기회를 만들 수 있으니까. 또 가족에게 폐를 끼쳐서는 안된다는 생각에 다시 힘을 내보자고 결단했다.

  생존 독서를 통해 나를 바꾸어 가기 시작했다. 『인생에 변명하지 마라』 책을 통해 그동안 절실하게 살지 않고 불평불만만 했던 내 삶을 반성했다. 『부자 아빠 가난한 아빠』를 통해 월급이 아닌 다른 수단으로 돈을 벌 방법을 알게 되었다. 『뼛속까지 내려가서 써라』, 『글쓰기의 최전선』을 통해 인생이 힘들거나 지칠 때 글을 써 보면 도움이 된다고 배웠다. 한 권의 책을 읽을 때마다 배우고 정리했다. 정리하는 방법을 독서 노트나 책 귀퉁이에 기록하고 적용했다.

  특히 감정의 소용돌이가 심할 때면 글을 쓰기 시작했다. 내 감정을 있는 그대로 모니터를 보면서 자판을 쳐 내려갔다. 오늘 내가 왜, 누구 때문에, 무엇을 등등 육하원칙에 따라 생각의 흐름대로 솔직하게 썼다. 분량은 상관없었다. 쓰는 과정에서 마음이 너무 아팠다. 치고 있는 자판으로 자꾸 눈물이 떨어졌다. 눈이 뿌옇게 되면 다시 세수하고 자판을 쳤다. 다 쓰고 나면 후련했다. 그래도 지금까지 잘 버티며 살아준 나 자신이 기특했고 감사

글로 옮기지 못할 인생은 없습니다

했다.

　그 뒤로 닥치는 대로 무엇이든 썼다. 내 일상의 흔적들, 내가 좋아하는 관심사와 취미, 내가 가지고 있는 지식과 경험, 남들이 어려워하는 문제 등을 글감으로 매일 기록했다. 그것으로 인생이 지치고 힘든 사람들을 도와주고 싶었다. 그렇게 쓰고 또 썼던 시간이 7년이 넘었다. 나의 부족한 글을 보고 위로가 되고 도움을 받았다는 이야기를 들을 수 있었다. 단지 글을 썼을 뿐인데 예전과는 다른 삶을 조금씩 살게 되었다.

　이은대 작가의 『작가의 인생 공부』에 나오는 한 구절에 딱 꽂혔다. "쓰는 인생이라 다행입니다."라는 구절이다. 글쓰기를 만나지 못했더라면 여전히 암흑 속에서 살고 있었을지 모른다. 글쓰기가 나에겐 구원이었다. 여전히 필력은 한참 모자라고 형편없지만 내 수명이 다하는 날까지 계속 써 보려고 한다. 정말 쓰는 인생이라 근사하다. 지금 글을 쓰는 이 순간도 다행이다. 지금 인생이 힘든 당신, 글쓰기를 만나자.

2장

글을 쓰니 이렇게 달라졌다

나의 이야기를 읽고 용기를 얻기를

김순철

글을 쓴다는 것이 어쩌면 어려서부터 생각했었던 것이었을지도 모르겠다는 생각이 문득 떠오른다. 청소년기에는 다이어리, 수첩에 에세이라고 하기는 뭣한 일기 형식의 글. 그리고 그 다음날 읽으면 찢어 버리곤 하는 시를 써 본 적이 누구나 한번씩 있지 않았을까? 나 역시 그랬던 것 같다. 내가 글을 쓰는 이유는 '자신의 이야기를 한 번 글로 남겨 보고 싶다'는 생각에서 비롯되었다. 그리고 누구나 인생 몇 년을 살아왔던 자신만의 이야기가 있을 것이다. 나의 인생이 한 편의 장편 소설이라는 생각을 하는 사람도 많을 것이다. 나 역시 그런 사람 중 하나다.

청소년기 중학교 시절에는 부모님의 불협화음으로 집이 조용할 날이 없었다. 그리고 그 시절 부모님은 서로 각자의 길을 향해 나아가기로 결정하고 이혼했다. 진학보다는 빨리 돈을 벌어

독립하고 싶은 마음이 컸다. 그래서 고등학교를 인문계가 아닌 상업계 고등학교로 진학했다. 졸업을 할 당시에는 뛸 듯이 기쁘고 나도 이제 조금만 지나면 독립할 수 있다고 생각했다. 열심히 돈을 벌었고 회사에서는 인정도 받았다. 남들보다 한 시간 일찍 출근하고 더 늦게 퇴근했다. 결혼하고 싶은 남자의 조건도 회사원보다는 사업하는 사람을 만나기를 소망했다. 더 많은 돈을 벌수 있겠다고 생각해서였다.

회사 동료의 소개로 지금의 남편을 만났다. 사업을 하는 사람이고 바지런하며, 거래처 또한 든든하다고 했다. 큰 건설회사와 완구회사를 거래처로 두고 있었다. 사람도 성실해 보였고 지갑에 현찰을 한 뭉치씩 넣어 다니는 것이 보였다. 거기다 말수도 적고 착하기까지 했다. 술을 좋아하는 것이 사람도 주위에 많아 보였다. 그중 제일은 착한 성품이었다.

결혼생활이 시작되고, 우리 가족은 금방 부자가 될 것 같았다. 남편의 작지만 알찬 사업은 잘 되고 있었다. 나는 돈을 빨리 벌고 싶어 직장을 계속 다니며 신랑이 버는 돈으로는 다른 거래처 어음을 가져다 깡*을 해 주었다. 이러다보면 금방 작은 건물쯤은 살 수 있을 것 같았다. 그러나 그것도 잠시, 1년 6개월여가 지나고 IMF가 찾아왔다. 그 시절에 이루어지던 거래는 거의 어음을 통한 거래였고, 내게는 돈으로 바꾸어 준 어음 종이만 잔뜩 남아 있었다.

---

* 현금으로 고금리의 수수료를 받고 돌려주는 일

글로 옮기지 못할 인생은 없습니다

첫아이를 임신 중이었던 우리는 어찌어찌 주위에 도움으로 빚을 감당하고 시댁으로 들어갔다. 남편의 첫 월급은 80만 원. 아이가 태어나고 한 달이 지났다. 집에서 육아만 할 수는 없었다. 시부모님께 아이를 맡기고 일을 하기 시작했다.

둘째가 생기고 남편은 권고사직을 회사에서 당했다. 거래처도 없이 다시 시작한 사업은 난항이었다. 나는 계속 직장을 다녀야 했다. 사업은 실패, 또 실패, 연이은 실패의 연속이었다.

어느덧 세월은 흘렀고 이십 대 중후반에 시작한 결혼생활은 삼십 대 후반으로 치닫고 있었다. 이대로는 안되겠다는 생각이 들어 다니던 회사를 그만두었다. 지금까지 십오 년을 살면서 한 번도 생활비 독촉을 한 적이 없었다. 돈이 필요하다면 어떻게 해서든지 만들어 사업을 도왔던 것이, 시부모님 생활비를 드리려고 밤낮없이 일했던 것이 잘못이라는 것을. 내가 주체가 아닌 남편이 주체가 되어야 한다는 것을 뒤늦게 깨달았다. 심리를 공부하며 이 사람이 스스로 책임질 수 있는 것을 내가 못하게 만든 것은 아닌가, 내가 이렇게 만든 것은 아닌가 하는 생각을 하게 되었다.

내 나이 마흔, 젊지 않은 나이에 공부를 시작했다. 마지막 사업의 실패로 인해 우리 가족은 반지하로 나가게 되었다. 그래도 공부를 향한 열망과 마지막으로 꼭 이루고야 말겠다는 꿈을 위해 나아가는 것을 포기하지 않았다. 빚도 갚고 공부도 하기 위해 밤낮없이 일했다. 그리고 십 년, 지금 나는 내가 나이를 먹어도 일할 수 있는 곳에서 열심히 상담가로 일하고 있다. 여전히 계속해서, 끊임없이 나를 업그레이드 시키기 위해 노력하는 중이다.

서론이 너무 길었다. 내가 글을 쓰려는 이유는 바로 이것이다.

가정의 불화로 공부를 포기하는 청소년이나 늦은 나이에 공부를 시작하려는 사람들에게 늦었다 해서 이루지 못할 것은 없으며, 원한다면 무엇이라도 노력해서 이룰 수 있음을 이야기하고 싶어서다.

나의 꿈은 아직도 현재 진행형이다. 그리고 내가 건강하고 건재한 한 언제까지나 진행형일 것이다. 지금 하고 싶은 것이 있거나 소망하는 것이 있다면 열심히 노력해서 이뤄낼 것이다. 당장은 무엇이 되려나 싶어도 반드시 이루어질 것이라는 이야기를 하고 싶다.

글로 옮기지 못할 인생은 없습니다

2-2.
안되는 이유는 백만 가지지만

이루다

재작년 처음으로 글을 썼다. 블로그를 확인해 보니 서평으로 올린 첫 글의 날짜가 21년 11월이었다. 그렇게 서평만 간단히 올리다가 본격적으로 글쓰기 모임 〈닥치고 글쓰기〉에서 글을 쓰게 된 날짜는 블로그를 시작한 바로 다음 달인 21년 12월 27일이었다. 날짜를 확인한 이유는 정확하게 내가 글쓰기를 언제 시작했는지 갑자기 궁금해졌기 때문이다. 벌써 2년이란 시간이 흘렀다는 게 믿기지 않는다.

우연히 읽게 된 글쓰기 책의 작가님인 황상열 작가님을 만나운 좋게 나는 글의 세계에 들어올 수 있었다. 살아오면서 내가 글을 쓰리라고는 생각도 하지 못했던 일이라 아직도 작가가 된 내가 실감이 나지 않는다. 가벼운 마음으로 시작한 블로그는 결국 진지하게 글을 쓰게 되는 동기를 부여했다. 그렇게 쓴 글은 감사하게도 출간의 기회를 주신 출판사를 만나 세상 빛을 보게 되었다. 책을 쓰면서 내가 해내지 못할 거라는 생각은 처음부터 하지 않았다. 이상하게 자신이 있었다. 내 이야기를 들어주는 사람이 꼭 있을 거라 믿었다.

주변 지인들에게 책을 쓰고 있다고 말했을 때 다들 정말 해내리라고는 생각지도 못한 눈치다. 책이 출간되어 판매처를 링크로 공유하니 모두가 깜짝 놀랐다. 어려운 일인데 정말 해냈다며 내 이야기에 공감하며 응원해 주셨다. 책이 세상에 나온 뒤 '작가가 되면 아침에 눈을 떴을 때 무언가 달라질까?' 하는 기대에 설렜다. 다음 날 눈을 떠 보니 달라진 건 없었다. 평소와 같은 하루가 시작되었고 일상은 똑같았다.

베스트셀러 작가가 되지 않는 이상 현실적으로 크게 달라지는 건 없을지도 모른다. 하지만 조금씩 '잘 쓰는 작가', '좋은 작가', '독자와 공감하고 소통하는 작가'가 되고 싶은 마음은 더욱 깊어지고 굳건해진다. 여전히 나는 조울증을 앓고 있고 하루를 버티고 살아가는 게 힘들지만, 그 하루를 힘든 하루로만 기억에 남게 하지 않는 건 글 덕분이라고 자신 있게 대답할 수 있다. 뒤죽박죽 우울하고 마음이 아픈 날은 그걸 소재로 글을 쓰고 내 마음을 울리는 글감이 떠오르면 함께 공감하고 소통하기 위해 글을 쓴다.

참 신기한 일은 학생 시절부터 일기를 쓰거나 글쓰기 대회 등에 참여한 적도 없는 내가 글을 쓴다는 것이다. 나를 잘 모르는 사람들은 '작가'라는 나의 직업을 들으면 엄청난 지식을 가지고 있고 오랜 시간 글을 써왔던 사람인 줄 안다. 그럴 때면 조금 민

망해지기도 한다. 사람들은 글 쓰는 걸 어렵다고 느낀다. 특별한 사람만이 글을 쓰고 책을 출간한다고 생각한다. 그렇지 않다. 글엔 제한이 없다. 쓰고 싶다면 그저 쓰면 된다. 이 얼마나 감사한 일인가. 생각난 대로 쓰기만 하면 글이 완성된다니 말이다.

이 글을 읽고 있는 당신도 어쩌면 글을 쓰고 싶은 한 사람이 아닌지 상상해 본다. 여러 감정이 들고 다양한 사연이 있겠지만 글을 쓰고 싶다면 그저 내키는 대로 우선 써 보라고 말해 주고 싶다. 우리의 마음엔 하고 싶은 일이 생겨도 그걸 가로막는 벽이 있다. 온갖 핑계를 대며 가능성을 막는 벽. 그 벽 앞에서 서성이고 있다면 이런 나도 글을 썼고 책까지 출간한 작가가 되었으니, 당신도 반드시 해낼 수 있다고 용기를 주고 싶다. 하고 싶은 마음만 있다면 해낼 수 있다고 옆집 사는 언니, 혹은 누나, 동생이 되어 당신과 팔짱을 끼고 글의 세계로 함께 걸어 들어가고 싶다. 장담하건대 내가 해냈으니, 누구나 해낼 수 있다.

최근에 〈엘리멘탈〉이라는 애니메이션의 대사를 알게 되었다. 애니메이션을 보던 딸이 한참을 재밌게 보다가 갑자기 우는 게 아닌가. 무슨 일인가 싶어 가봤더니 이 대사가 너무 감동적이라고 눈물을 뚝뚝 흘렸다. 딸의 입에서 나오는 대사를 듣고 나도 덩달아 눈물이 맺혔다. 애니메이션의 대사를 인용해 본다.

"우리가 안 되는 이유는 백만 가지지만 난 널 사랑해."

— 〈엘리멘탈〉, 웨이드

이 대사를 듣는 순간 떠오른 말이 있다. **"당신이 책을 쓰지 못하는 이유는 백만 가지지만 쓰고자 하는 한 가지 이유만 있다면 반드시 쓸 수 있다."** 우리는 여러 가지 이유로 하고 싶은 일이라 해도 실행에 옮기지 못하며 살아간다. 그러한 와중에도 딱 한 가지 이유, 정말 글을 쓰지 않으면 안 될 것 같은 그 마음 하나만 있다면 누구든지, 언제든지, 글을 쓸 수 있다고 생각한다. 지금 당장 노트북을 켜보자. 커서가 깜박이는 하얀 바탕을 한 글자, 한 글자로 채워가며 느껴지는 짜릿한 황홀감을 맛보는 하루가 되길 바란다.

글로 옮기지 못할 인생은 없습니다

글을 쓰는 사람 vs 글을 쓰지 않는 사람

최경희

인간의 삶을 이렇게 나눌 수도 있겠다. 글을 쓰는 사람 vs 글을 쓰지 않는 사람.

글을 쓰기 이전의 나를 생각해 보니 글을 읽는 시간도 미미했다. 글을 쓰고 있는 나는 읽는 시간이 더 많아졌다. 쓰기 위해서는 읽어야 한다. 쓰기는 그냥 나오지 않는다. 바빠도 읽고 써야 한다.

조선 후기의 문신이자 유학자, 실학자의 대표격 인물인 다산 정약용을 생각해 보자. 다산은 500여 권이 넘는 저술과 2,700여 수의 시를 남겼다고 한다. 그의 책『유배지에서 보낸 편지』에서 다산은 아들들에게 읽고 쓰기의 중요성을 강조한다.

"폐족(廢族)이 글을 읽지 않고 몸을 바르게 행하지 않는다면 어찌 사람 구실을 하겠느냐. 폐족이라 벼슬은 못 하지만 성인이야 되지 못하겠느냐, 문장가가 못되겠느냐. 이른 새벽부터 밤늦게까지 책을 읽어 이 아비의 간절한 소망을 저버리지 말아다오.”

또한 글을 읽고는 다시 정리하여 자신의 것으로 남기라고 두 아들에게 전한다.

글을 쓴다는 건 생각의 정리를 하게 된다는 것이다. 자신의 이야기를 글로 기록할 때 치유의 효과가 있다고 한다. MBC PD를 지낸 김민식 씨는 지금은 작가와 강연자로 활동하고 있다.

자신이 어렸을 때 친구들에게 폭력을 당하면서도 저항할 수 없어 집에 돌아와 화나고 억울한 감정을 글로 썼다고 한다. 그 시작이 현재 『영어책 한 권 외워봤니?』, 『매일 아침 써 봤니?』 『내 모든 습관은 여행에서 만들어졌다』, 『외로움 수업』 등으로 이어졌다. 자기 삶의 기록들이 책으로 나왔다. 쓰는 사람의 결과물이 된 것이다.

물론 김민식 피디처럼 일상이 다채롭지 않을 수 있다. ‘무엇을 써야 할지’, ‘나는 대단한 경험도 없다’고 답하는 사람들이 많다. 말하기 코칭을 할 때도 마찬가지다. 여기서 중요한 건 작은 일상 하나에도 의미를 부여하는 방법이다.

블로그에 감사일기를 쓴 지가 몇 년이 되었다. 어느 날 포항 영일대 해수욕장에 산책을 하러 갔다가 스치는 순간을 기록했

글로 옮기지 못할 인생은 없습니다

다. 걷기를 하면서 영일대 해수욕장을 가장 많이 걸었는데 어두운 밤에도 조명이 있어 밝고, 늘 주기적으로 경찰차가 순찰을 돌고, 방문하거나 걷는 사람들이 많아서 안전하게 느끼기 때문에 자주 가는 장소다.

어느 주말 어두워지는 저녁 가족들이 산책을 나왔다. 젊은 부부와 그의 부모님 그리고 그날의 주인공인 작은 사람. 이제 막 걸음마를 배운 그 작은 사람은 한 걸음 한 걸음 균형이 잡히지 않은 불안함으로 나아가지만 그의 표정은 세상에서 가장 기쁜 활동을 하는 것마냥 행복하게만 보였다. 그 작은 사람을 지지하는 그의 가족들도 세상을 향해 나아가는 어린 사람의 발걸음을 기다려주고 응원했다. 우리는 당연하게 두 발로 걷는 것이 하나도 새롭거나 흥미롭지 않으며 생각할 이유조차 없던 것을 말이다. 그때 나는 그 작은 사람의 발걸음을 볼 수 있는 것에 감사했다. 그런 작은 일상의 순간들을 감사일기로 기록하고 있다.

그저 발견하고 느끼고 기록을 했을 뿐인데 나의 삶이 달라지기 시작했다. 감사할 일들이 이어지기 시작한 것이다. 지금은 최악의 상황에서도 감사를 느끼고 표현하게 되었다. 하지만 최악의 상황들이 이미 지나갔고 모든 것은 감사할 기회로 다가오고 있다. 최근에 법무부에서 감사강의를 의무적으로 시행하게 되었다는 소식을 들었다. 감사한 일이 연결되었다. 포항 교도소에 감사강의가 연결되었다. 또 감사할 기쁜 일이다.

내가 하는 일에 책이 있으면 더 설득력이 있으리라는 생각에

2018년도에는 『말하기 준비운동』이라는 제목으로 전자책을 냈다. 그다음 변화는 계속 읽고 쓰고 있다는 것이다. 5년 전 지진의 피해로 특별도시재생현장으로 지정된 홍해에서 마을 소식지를 발행하기 시작했고 3년 전 〈책과 함께〉라는 독서 클럽을 만들어 운영하고 있다. 영덕도서관을 통해 2년째 〈트레블링 소울〉 독서 클럽팀과 함께하고 있다. 올해는 〈우리 아이 읽으면서 써지는 글쓰기의 힘〉 강좌도 운영하고 있다. 거기에서 더 기쁜 소식은 독서 클럽과 글쓰기 강좌 모두 참여하는 황 선생이 올해 수필로 영덕문인협회에 등단을 했고 영덕가족지원센터에서 주최한 글쓰기 공모전에 지원하여 동시로 입상했다. 글쓰기의 기쁨이 이어지고 있는 순간들이다.

그 사이 황상열 작가와 함께한 전자책 공저도 나의 글쓰기의 지속적인 힘이 되었다. 마침 글쓰기 강좌에 강사 프로필을 넣을 때도 공저가 많아 도움을 받았다고 할 수 있겠다. 혼자 쓰기는 사실 많이 부담이 되기도 하지만 공저는 함께 한다는 사실만으로도 겁내지 않고 시작할 수 있었다. 꼭 책이 아니어도 괜찮다. 생각날 때 스치듯 지나가 버리면 다시 끌어내기가 힘들다. 생각은 휘발성이 있어 그때그때 남긴 메모나 기록이 중요하다. 그것을 잘 정리해 두면 글이 된다. 지난주에는 생각나서 기록해 둔 내용이 강의의 한 부분이 되기도 했다.

언제는 꿈을 꾸었는데 너무 선명해서 일어나자마자 양치질을 하고 바로 책상에 앉아 글을 썼다. 그리고 그것을 잘 정리하여 유튜브 자료로 만들어 올렸다. 그렇게 우리의 글쓰기는 삶을 더

나아가게 한다. 그래도 안 쓸 것인가. 일단 써라. 그것이 시작이
다. 그냥 쓰자. 지금 당장.

2-4.
말로만 하지 말고 글을 쓰자

문미영

작년에 고속도로에서 뒤 차가 박아 크게 교통사고가 났었다. 우리도 앞의 차가 갑자기 정차를 해서 급브레이크를 밟았는데 뒤차가 '주의 태만'으로 브레이크를 밟지 않았던 것이다.

다행히 뒤차 운전자가 자신의 잘못을 시인했고 우리는 합의금을 받았다.

차 뒤 범퍼가 많이 찌그러지고 심하게 박았는데 나와 남편, 시부모님은 다행히 크게 다치지 않았다. 근육이 놀라서 근육통만 오고 안정을 취하기 위해 2주 동안 한방병원에 입원했다. 그때도 나는 기록으로 남기기 위해 SNS에 글을 썼다. 물론 길게 쓰지는 않고 사고 경위와 렉카, 렌터카가 오고 보험회사 직원을 부른 내용으로 간략하게 적었다. 글을 적으니 그게 기록으로 남아 교통사고 상황에 대해서 기억이 잘 나게 되었고, 아찔했던 경험을 다시 한번 상기하여 경각심을 가지게 되었다. 또, 시험관 시

글로 옮기지 못할 인생은 없습니다

술을 하고 와서 임신이 안 되었을 때와 임신을 했지만 금방 아이를 떠나보내게 된 일들을 다 글로 썼다. 이러한 기록들이 책을 쓰는 데 도움이 많이 되었고 전자책을 출간할 수 있었다. 글을 쓰게 되면서 긍정적인 변화들이 많았다.

첫째, 글감으로 적기 위해 관심을 가지고 유심히 살펴보거나 생각을 하게 된다. 글을 쓸 게 없다는 핑계로 글쓰기를 멈추지 않기 위해 물건이나 주변 환경, 심지어 사람들과 만나 수다를 떨면서 이야기 나온 내용들을 글로 적는다. 그러다 보니 예전에 비해 자연 풍경과 소리에도 귀를 기울이게 된다.

둘째, 부정적인 감정이나 생각을 글로 기록하고 적다 보니 훗날 이를 다시 읽어봤을 때 부끄러움을 느끼거나 반성을 하게 된다. 글은 오래 흔적이 남다 보니 글 하나를 적더라도 신중하고 조심하게 글을 쓰려고 한다. 덤벙대는 성격이 글을 쓰기 시작하면서 꼼꼼하고 세심하게 변하였다.

셋째, 기회가 많이 생겼다.
글을 쓰다 보니 나랑 결이 맞는 사람들의 공감과 댓글이 달리고 온라인이나 오프라인에서 만나 친구가 된다. 내가 이번에 라디오 방송에 출연하고 '한국독서교육신문'에 인터뷰가 나오게 된 것도 글을 쓰고 소통을 하면서 얻은 기회이다.
블로그 체험단도 하게 되면서 맛집을 많이 알게 되었다.
SNS 상으로 오래 인연을 맺은 동생, 언니, 친구들과 아직까지도 연락을 하고, 나에게 좋은 기회를 많이 준다.

넷째, 남편과 주변 사람들의 반응이 달라지고 만나는 사람이 달라진다. 내가 책을 내고 글을 쓰기 전에는 그저 '읽기만 하는 사람'으로 남편이 눈치를 많이 주었다.

책만 읽는다고. 책 읽은 만큼 글을 쓰고 책을 냈으면 뭐라도 하겠다며.

이제는 내가 책을 출간하고 글을 쓴다고 하니 남편이 나를 대하는 게 조금 달라짐을 느낀다. 전업주부이다 보니 돈을 쓰는 것도 눈치가 보이고 수업료를 내기도 어려운데, 남편이 지원을 해준다. 글을 쓰니 나에게 상처 주는 말을 했던 사람들도 조심스럽게 나를 대하게 되었다.

글을 쓰면 누구나 작가가 될 수 있다.

누군가가 내 글을 읽고 욕하거나 비난할까 봐 두려워서 시작조차 하지 못하고 있는가?

무시하고 비난하는 사람들은 내가 뭘 해도 비난하고 무시할 것이다. 그게 두려워서 시작을 못하면 평생 하지 못할 것이다. 그러니 주저하지 말고 무조건 글을 쓰자.

'이게 글감이 될 수 있을까?'

'글 쓸 시간이 없는데…'라고 걱정만 하고 있는가?

감옥에 있으면서 글을 쓰고 책을 내신 유명한 작가도 있다.

내가 아는 작가님도 몸이 아파서 병원에 입원해 계시면서 링거를 맞으며 글을 썼다고 한다. '카카오톡 나에게 보내기 기능'이나 '메모장'으로 글을 간단하게 메모해 두고 그것을 바탕으로 종이에 옮겨 적었다고 하신다.

그리고 아버님이 돌아가셨을 때에도 장례식장에서 글을 메모해 놓고 나중에 종이에 옮겨 적었다고 하신다. 하반신이 마비가 되어 누워있는 환자도 눈꺼풀의 움직임으로 글을 썼다고 한다. 이래도 글을 쓸 시간이 없는가? 의지만 있다면 누구나 글을 다 쓸 수 있다. 어떤가?

글을 쓰고 싶다는 생각이 들지 않는가?
지금 당장 쓰자.

2-5.
김사부는 못 되어도 김치쌤으로 남고 싶다

김지윤

드라마 〈낭만닥터 김사부〉에서 김사부는 자신의 적들에게, 혹은 동료와 아끼는 사람들에게 자기 자신에게 항상 질문을 던진다. 때론 호통을 친다.

"적어도 뭐 때문에 사는지는 알고 살아야지?"

재작년과 올해 초 갑자기 같이 교직 생활을 하던 대학 동기 친구 2명의 부고를 차례로 당했다. 마음의 상처를 크게 느끼던 중 항상 옆에서 함께 개인적인 일부터 학교 일까지 의논하던 가장 친한 교사 친구가 암 3기 판정을 받았다. 친구가 생사의 갈림길에 다시 서게 된 걸 지켜보며 안쓰러움과 함께, 스스로 육아와 직장 일을 병행하며 바쁘게만 살아온 것에 대한 회의감과 억울함을 많이 느꼈다.

　　　글로 옮기지 못할 인생은 없습니다

주변 또래 교사들이 한 명 두 명씩 명예퇴직을 고려하는 이때, 나는 내가 왜 교사라는 직업을 선택했는지, 왜 다시 선택해도 이 직업을 선택하려 하는지, 왜 정년 때까지 하고 싶은지, 왜 명예퇴직을 해도 다시 기간제 교사라도 하고 싶은지, 아직 교사로서 펼치지 못한 꿈은 무엇인지, 당장 퇴직을 한다면 무엇을 후회할지 생각했다. 무엇을 못 한 것에 혹은 무엇을 한 것에 미련과 후회를 남길지. 마치 처음 교직에 들어선 신규 교사처럼 심각하게 고민하게 된 것이다. 교직 경력이 20년이 넘어가면서 번아웃을 느끼고 휴직을 생각한 적도 있다. 그러나 학생들을 가르친 시간보다 앞으로 학생들 앞에 설 수 있는 시간이 더 적게 남았기에 그동안 아이들을 학년이 끝나고 올려보내며 느꼈던 후회와 아쉬움에 대한 미련을 느끼지 않는 한 해 한 해를 보내고 싶어졌다.

한 집안에 좋은 어른이 계시는 것만으로도 가정에 평화가 있다고 하시던 예전 가족 상담 교수님의 말씀이 생각났다. 직장에 부서에 어른다운 어른, 꼰대 아닌 어른이 계시다는 것만으로도 그 조직에 얼마나 큰 행운이 되는지 나도 절실히 느껴보았다. 그리고 정반대의 상황으로 갑질을 일삼고 차별하고 무시하며 자신의 자리가 권력인 양 휘두르며 교사들을 개혁의 대상으로 규정하지만 막상 본인은 전혀 성찰, 혁신과 거리가 멀어 보이는 어른도 만났다.

드라마 속 김사부는 항상 정의롭고 현명하다. 항상 진심이다. 자기 자신이나 다른 사람을 속이지 않는다. 자기만이 올바르게 산다고, 너희는 왜 그렇게 사냐고 다그치지 않는다. 나에게 도움이 되는가, 이익이 되는가를 따지지 않는다. 각자의 좋은 면, 아픈 상처, 약점을 그대로 인정하고 함께 나아갈 뿐이다. 쉽게 사람을 포기하거나 단정하지 않는다.

나는 어떤 어른이었을까? 어떤 교사였을까? 어떤 선배 교사였을까? 과연 김사부 같은 어른이 되는 게 가능한 일이긴 한 건지, 그런 분이 현실에 존재할 수 있는 것인지 나는 하늘을 우러러 많은 점의 부끄러움을 세어 보았다.

뒤늦게 개과천선하여 김사부가 되지 못하리란 건 알고 있었다. 50세가 되어도 난 아직 내가 어른이라고 느껴지지 않았다. 다만 반 학생들이 나에게 붙여준 '김치쌤'이라는 애칭, 그 애칭을 지키며 퇴직하는 날까지 아이들에게 최소한 상처는 주지 않는, 조금 더 욕심을 부린다면 나와 생활하는 동안 자기 자신을 더욱 좋아하게 되는 경험을 가질 수 있기를 기도했다. 내 교직 생활을 모래시계에 비유하며 모래시계를 딱 뒤집는 순간처럼 그동안의 관성을 버리고 학생들 앞에 나무 같은 어른이 되고 싶었다. 바람에 잎과 가지는 다소 흔들리더라도 그들을 향한 진심과 사랑은 뿌리 깊게 흔들리지 않는 존재로 남고 싶었다.

우연히 참여한 문화센터 글쓰기 강좌에서 시작한 나만의 책 쓰기는 나에 대한 성찰과 학생들에 대한 관심, 그리고 사랑을 마음에 담게 해 주었다. 또한 학생을 한 사람의 인생사를 가진 나이 어린 사람으로서, 자신만의 장점과 소중한 영혼을 가진 존재로서 대할 수 있는 아량을 길러 주었다. 나 역시 그런 중요한 존재임을 스스로 자각하고 교사로서의 나의 행동, 말 한마디에 그들이 울고 웃고 있다는 것, 내가 그렇게 소중한 존재이고 영향력 있는 교사이므로 그들에게 쏟는 나의 사랑과 관심은 절대적으로 중요하다는 것을 깨달을 수 있었다.

이제 10여 년 남짓 후 퇴직을 앞둔 나의 꿈은 교육 현장에서 교사, 학생, 교직원, 학부모를 포함한 교육공동체 '1인 1책 쓰기' 컨설팅을 하는 것이다. 그간 12권의 전자책 공저(교육 관련 도서 4권), 2권의 전자책 개인 저서(교육 관련 도서 2권)를 정식 출판했다. 책 기획 및 책 작업(NFT 1급 민간 자격증 취득)을 혼자 해 온 경험과 담임을 맡은 6학년 학생과 협업한(학생 글, 교사 그림) 그림책과 6학년 학급 학생들의 졸업문집 출간도 목표로 추진해 왔다. 이를 바탕으로 학생과 교사들에게 책 쓰기 활동을 통해 자신에 대한 성찰과 세계관 확립에 도움을 주고 싶다는 소망이 생겼다. 단지 아는 것을 넘어 그를 제대로 활용하여 효과적으로 표현할 수 있도록 미력하게나마 힘을 더하고 싶다.

2-6.
내 안의 나를 만나는 시간

황소영

나에게 글쓰기는 치유의 시작이었다.

나는 기록하는 걸 좋아하는 편이다. 일정 관리부터 시작해서, 가계부 쓰기 그리고 일기까지. 돌이켜보면 나는 중·고등학교 다닐 때 일기를 정말 열심히 썼었다. 신나고 재밌는 일보다 세상에 대한 치기 어린 원망과, 어찌할 수 없는 나의 현실에 대한 슬픔을 기록했던 것 같다.

초등학생 때 나의 일기장은 선생님과 나를 이어주는 통로였다. 일기장에 잔뜩 무엇인가를 적으면 다음 날 선생님의 한마디와 도장이 배달되었다. 나를 봐달라는 사인에 선생님이 응답하셨다.

고등학생 때 나의 일기장은 세상과의 통로가 아니라, 나의 비밀 아지트였다. 세상에 하고 싶었던 말을 일기장에 썼으니까. 쓰면서 울기도 하고, 다짐하기도 하고, 반성도 하면서 나는 조금씩 어른이 되었다. 어른이 되면서 언제부터인가 일기장을 더 이상 찾지 않게 되었다. 왜 그렇게 되었는지 잘 모르겠다.

이번에 『엄마와 함께한 봄날』을 쓰면서 나는 나의 어린 시절부터 현재까지 다시 정리하는 시간을 가지게 되었다. 처음에는 어떻게 써야 할지 막막했지만, 기획하신 작가님과 함께했던 작가님들 덕분에 포기하지 않고 끝까지 쓸 수 있게 된 것 같다.

책 쓰기를 하면서 나는 나의 아홉 살 어린 나와 마주하게 되었다. 어린 시절의 나를 토닥여 주는 시간을 가졌고, 그리고 늘 같은 자리에서 묵묵히 나를 지켜주고 계셨던 엄마를 다시 만나게 되었다. 나는 엄마를 그 누구보다 사랑하고 있었고, 엄마도 마찬가지였다. 글을 쓰면서 눈물 한 바가지를 쏟았고, 출판사와 계약을 하고 나서 3번의 퇴고 과정을 거치면서 또 눈물 한 바가지를 쏟았다.

예약판매 기간 중 엄마에게 전화가 왔다.

"너 책 쓴 거야?"
"엄마, 어떻게 알았어요?"
"어떻게 알긴, 너 사진 보고 알았지?"
"엄마에게 선물하는 책이에요. 조만간 서점에 깔리면 갈게요."

나는 책을 쓰는 동안 엄마에게 말하지 않았다. 12월 엄마 생신 때 선물로 가지고 가려고 했었기 때문이었다. 엄마가 미리 아셨으니 서프라이즈 이벤트는 뒤로한 채 엄마에게 마음을 전하는 메시지를 한 줄 써서 택배로 책을 보냈다.

엄마에게 책을 보내고 엄마가 읽기 전까지 얼마나 마음을 졸이면서 기다렸는지 모른다. 나의 마음이 엄마에게 잘 전달될 수 있을까? 너무 날것으로 쓴 것 같은데 괜찮을까? 오만가지 생각이 들었지만, 책에 쓴 나의 마음은 무사히 엄마에게 잘 전달되었다. 눈물, 콧물 다 흘리던 나의 글쓰기 첫 도전은 이렇게 작은 결실을 보았다.

내가 이번에 책을 쓰기 전에 기록을 남겼던 공간이 하나 있다. 바로 네이버 블로그다. 어학연수를 준비하면서 쓰기 시작한『좌충우돌 시니어의 어학연수 도전기』다. 마음먹은 걸 준비하는 순간부터 출발해서 도착하기까지의 기록을 남겼다. 그때는 '꿈쟁이 영'이라는 닉네임으로 활동했었다.

기록하는 동안 나에게 응원에 메시지를 남겨주는 이웃도 있었고, 누군가는 나처럼 어학연수를 준비하면서 나의 글을 보고 용기를 얻어가기도 했다. 연수를 다녀온 지 1년이 지났지만 어제 한 이웃에게서 이런 댓글이 달렸다.

"영어 공부법을 찾다가 우연히 선생님의 블로그를 알게 되었습니다. 몰타라는 것도, 시니어 어학연수가 있다는 것도 블로그를 통해서 알게 되었지요. 글을 보면서 저도 모르게 가슴이 떨렸던 기억이 나네요. 언젠가 꼭 가보리란 꿈도 갖게 되었고, 드디어 내년 가을로 일정까지 잡게 되었습니다. 덕분에 꿈꾸고 실천한 용기 또한 얻었습니다. 감사합니다."

댓글을 보면서 가슴이 떨렸다. 내가 누군가에게 다시 꿈을 꾸고 실천하는데 작은 돌 하나를 얹을 수 있게 된 것 같아 행복한 마음이 들었다. '나의 사명은 이 땅의 모든 사람이 행복한 꿈을 꾸는 세상을 만드는 것이다.' 13년 전 다니던 회사에 사표를 쓰고 청소년 강의를 시작했을 때 한 줄의 다짐이 이렇게 나에게 되돌아왔다.

나는 글쓰기를 통해 나의 버킷리스트 한 줄을 '미션 클리어'할 수 있었고, 힘들었던 나의 중년에 마지막 작은 쉼표를 찍으면서 엄마와 나 자신을 더 사랑하게 되었다.

2-7.
글쓰기로 바뀌게 된 교육관

정지은

놀라운 필력을 가진 것은 아니지만, 글쓰기를 좋아하게 되니 나의 관심사를 알아챈 알고리즘이 내 앞에 가져다 놓는 대부분의 콘텐츠들이 독서, 글쓰기다. 세상에 이렇게 책을 좋아하는 사람들이 많고, 글을 쓰는 재야의 작가들이 많나 싶을 정도다.

영상이나 이미지로 메시지를 받아들이는 것이 대세가 될수록, 책을 보거나 글을 쓰는 것을 어려워하는 사람들이 늘고 있는데, 그것들의 긍정적 효과가 더욱 주목받을수록 관련된 콘텐츠를 다루는 사람들이 인플루언서가 된다. 다양한 직업을 가진 사람들도 결국 자신만의 브랜드 스토리를 구축하기 위해서는 그것을 글로 잘 녹여낼 줄 알아야 한다. 이것은 '이과만능주의'를 외쳤던 학부모로서의 내 생각을 완전히 바꾸게 되는 계기가 되었다.

글로 옮기지 못할 인생은 없습니다

고등학교에서 애니메이션을 전공하는 큰딸은 과학소설 읽는 것을 좋아한다. 디즈니에서 일하는 것이 꿈인 그녀는 그림 실력이 뛰어나고, 스토리텔링을 좋아하지만 수학에는 그다지 관심이 없다.

국제고 진학을 목표로 하는 중학교 2학년 둘째는 얼마 전 담임과의 상담 시간에 본인의 장래 희망을 '작가'라고 했단다. 아이는 학교 시화전이나 독후감 대회에서 여러 번 수상도 하고, 수학 과목보다 국어, 영어에 더 두각을 나타낸다. 상담 내용을 알려 주시는 담임선생님이 오히려 "교수하면 되겠네요, 교수!" 하시며 말을 돌리셨다.

'이과만능주의'에 빠졌을 무렵의 나라면, 아이들의 장래에 대한 큰 불안에 휩싸였을 것이다. 이과생들의 문과 침공으로 문과 계열 아이들이 대입에 현저하게 불리해진 시점이기 때문이다. 하지만 지금의 나는 딸들이 마치 큰 무기를 장착한 것처럼 든든하다.

글쓰기를 좋아한다는 것은 미래에 희소가치가 높은 자원을 선점하는 것과 같다고 생각한다. 많은 사람들이 글쓰기를 어려워하고, 쓰는 것은 특별한 재능이 있는 사람이어야 가능하다고 말한다. 자신의 생각을 글로 적는 것을 낯설어하는 이유는, 이미지와 영상, 특히 짧은 영상들을 보고 만드는 것에 길들여지고 있기 때문이다. 우린 그런 세상에 살고 있다.

나 역시도 사진을 찍고, 그것에 대한 짧은 글을 적는 것이 긴 흐름의 글을 쓰는 것보다 훨씬 편하고 쉽다.

이러한 나를 자각할 때마다 자기 생각을 몇 권의 책으로 써서 출간한 사람들을 보면 위인만큼 대단하게 느껴지고, 자신을 이겨낸 '극기한 사람'같이 보인다.

미디어 영상들에 익숙해지고 그것에 빠져들수록, 활자를 읽는 행위는 더욱더 소중해질 것이고, 글을 쓴다는 자원은 희소가치가 높아질 것이다.

글쓰기를 좋아하는 것이 장차 딸들의 커리어에 어떻게 녹아들지 아직은 가늠할 수 없지만, 무엇보다 인생을 살아가면서 자신을 위로할 수 있는 도구가 되어줄 것임을 나는 확신할 수 있다. 먼 미래까지 갈 것 없이, 지금 우리 모녀들의 사이가 참으로 좋다. 아이들과 일희일비하는 순간들을 글감으로 승화시키고, 그것을 기록해 나가면서 나의 감정을 다스리는 엄마가 되었기 때문이다.

내가 발견한 것은, 인생에서 수학 성적이 아이들의 평생을 좌우하는 것은 아니라는 사실이다. 부모 자식 사이에 '공부'라는 주제 단 하나만 사라져도, 대화거리가 얼마나 풍성해지는지 여느 부모들은 알고 있을까?
17살, 15살 여자아이들과 학원이나 숙제, 핸드폰 사용에 대한 잔소리를 제외하고 30분 이상 대화를 지속할 수 있는 모녀 관계는 많지 않을 것이다.

옷, 영화, 친구, 음악, 아이돌 등에 대한 얘기를 친구처럼 재미

글로 옮기지 못할 인생은 없습니다

있게 얘기할 수 있다는 것을 나도 예전에는 미처 몰랐다. 엄마들도 대화가 통하고 만나면 즐거운 사람들과 계속 얘기하고 싶은 것처럼, 아이들 역시 엄마와의 대화가 편안하고 즐거워야 가까이 두고 찾지 않을까?

갈수록 불확실성이 커지는 미래에 대한 불안으로 학부모들과 아이들 모두 학업과 진로에 대해 걱정하는 현실이다. 그리고 그 불안을 이용해 사교육시장은 나날이 그 기세를 키워나가고 있다. 오늘도 단톡방에는 대치동 수학학원의 모집 일정표가 공유되고 있고, 초등학교 3학년 아이의 레벨 테스트 범위에 중학교 1학년 진도가 적혀있다.

이런 와중에도 나에게는 작은 소망이 있다.

그것이 언제가 될지는 모르겠지만, 내가 쓰는 글에 큰딸이 그림을 그리고 둘째 딸이 쓴 책을 출간하는 작은 출판사를 세우는 것이다. 이런 꿈이 있기에 SKY나 의약대 진학이 목표가 아니어도 난 그녀들을 진심으로 응원할 수가 있다. 물론 아이들의 희망 진로가 달라져도 난 역시 내 글을 써가며 조용히 그것을 지켜볼 것이다.

내가 글을 본격적으로 글을 쓰기 시작하고 달라진 집안 분위기가 참으로 좋다. 학기 중엔 수행과 시험 기간부터 먼저 살피고, 방학이 되기도 전부터 특강 일정부터 받아놓고 이리저리 시간을 정하며 살았다. 그러다 보면 1년이 금방이고, 아이들이 상위학교로 진학하기 전까지 준비할 시간이 너무 없다는 생각뿐이었다. 하지만 그 모든 것에서 한 걸음 물러나니 아이들과 함께 할 나의 시간이 너무나 길고, 같이 할 즐거운 일들이 참 많다.

아이들의 사춘기로 인해 잦은 갈등을 겪고 있는 주변인들의 일화를 듣다 보면, 고1, 중2, 초1 아이들과 좋은 곳으로 여행가고, 맛있는 것을 같이 먹고, 웃는 일들이 더 많은 나의 일상이 너무나 평화롭고 감사하다.

글로 옮기지 못할 인생은 없습니다

안 보이던 것들이 보이기 시작했습니다

한미숙

글은 매일 쓰고 있지만 아직은 글 쓰는 사람으로 부족할 뿐이다. 그러나 글을 쓰면서 조금씩 나의 모습이 바뀌기 시작했다. 나만 아는 변화일 수도 있다.

글쓰기를 위해 나는 글감을 찾는 사람이 되어야 했다. 글쓰기 모임에 속하여 있을 때는 주는 글감 중에 선택해서 쓰면 되었다. 혼자 글을 쓰기 시작하면서 가장 어려운 점이 글감을 찾는 것이다. 평범한 일상을 살아가기에 글감을 찾기가 쉽지 않다. 내 주변의 모든 것이 글감이 된다는 것을 머리로는 안다. 하지만 아직은 미숙해서 주변에서 글감 보석을 찾아내기 어렵다.

글을 쓰면서 시작된 나의 변화 중 첫째는, 보석인 글감을 찾기 위해 주변 소리를 집중해서 듣는다. 나는 내 나이 또래에 비해 귀가 약하다. 쉽게 말하면 귀가 어둡다. 신랑이 못 알아듣는다고 가끔 구박하기도 한다. 신랑과 TV를 볼 때 귀가 좋은 신랑의 기준으로 볼륨을 맞추기에 나는 주로 글씨를 보고 내용을 파악한다. 어릴 적 기억으로 할아버지도 귀가 어두웠다. 아빠도 귀가 어두운 편이라 TV를 크게 틀어놓고 보셨다. 큰 소리에 익숙해져 작은 소리는 잘 듣지 못한다. 귀가 약하니 작은 목소리로 말하는 사람을 별로 좋아하지 않는다. 작게 말하면 집중하지 않고 들으려고 노력도 하지 않는다. 지금도 역시 귀는 나쁘다. 그렇지만 글을 쓰면서 다른 사람의 말이나 모든 것에 집중해서 들으려고 노력한다. 잘 듣다 보면 가끔은 보물의 글감을 찾아낼 수 있다.

둘째, 나는 주위에 별로 관심이 없다. 내 가족과 내가 관심을 가진 분야 이외에는 별로 주의 깊게 보지 않는다. TV를 보거나 운전하면서 듣는 라디오도 아무 생각 없이 보거나 듣는다. 어떤 날은 운이 좋아 쉽게 글감을 찾는다. 하지만 글감을 찾지 못한 날은 라디오도 더 집중해서 듣고 주변의 것들도 다르게 보려고 노력한다. 흘러듣던 사연이나 노래 가사도 한 번 더 생각하면서 듣는다. 관심을 가지니 평소에는 생각 없이 보던 것에서 글감의 소재가 보이기도 한다. 생각한 대로 글이 풀리지 않아 포기할 때도 있다. 하지만 글을 쓰기 전과 후의 변화는 확실하다.

셋째, 메모하기 시작했다. 전에는 '메모해야지.'라는 생각만으로 끝났다. 나의 기억력을 믿었다. 주변에서 기억력이 좋다는 말을 종종 들었다. 메모는 나와 거리가 멀었다. 나의 기억은 중요한 것을 잊지 않는 것이 전부였다. 소소한 일상을 적거나 메모

글로 옮기지 못할 인생은 없습니다

한 적이 없기에 소중한 작은 일상은 기억에 남아있지 않다. 여행을 좋아했던 나는 많은 곳을 여행했지만 다녀왔다는 기억밖에 없다. 만약 짧은 메모라도 했더라면 지금 그 메모들로 더 다양한 글을 쓸 수 있었을 것이다. 젊은 시절에 가졌던 생각과 지금의 생각과 느낌은 분명 다르기 때문이다. 글을 쓰는 사람이 메모를 생활화해야 하는 이유이다. 아직은 메모가 습관이 되지는 않았다. 그래도 조금씩 간단하게 키워드라도 메모를 남기기 시작했다는 것이 새로운 변화이다.

넷째, 생각이 나면 가능한 바로 적는다. 전에는 책을 읽으면서 떠오르는 생각이 생각으로 그친 경우가 많다. 적지 않으니 대부분 글로 완성하지 못했다. 이제는 미루지 않는다. 글을 읽고 생각이 나는 부분은 글로 적는다. 컴퓨터를 켤 수 없는 상황이라면 스마트폰 글쓰기 앱을 활용하여 나의 생각을 짧게라도 적는다. 밤에 다시 정리하면서 하나의 글로 완성한다. 이렇게 탄생한 글들이 쌓이면 뿌듯하다.

다섯째, 글을 쓰면서 다른 사람을 조금 더 이해하게 되었다. 공감력 부족이 나의 가장 큰 약점 중 하나이다. 공감보다는 충고를 먼저 한다. 딸아이가 나에게 '엄마는 공감력 빵점이야.'라는 말로 불평을 한다. 지금도 딸에게 만족스러운 엄마는 아니다. 나는 가끔 일상에서 사람들과의 관계를 소재로 글을 쓴다. 글을 쓰면서 상대는 '어떤 기분이었을까?'라는 생각을 해 보게 된다. 상대가 그렇게 할 수밖에 없던 상황이 이제는 조금은 이해가 된다.

글을 쓰면서 어찌 보면 더 예민해졌다. 예민한 것이 나쁜 것일 수도 있지만 나를 위한 예민한 시선은 성장의 시선이라고 생각한다. 안 보이던 것들이 보이기 시작했다. 안 들리던 것들이 들리기 시작했다. 소중한 지금 이 순간에 더 집중하게 되었다. 소소한 일상의 소중함을 깨닫고 감사의 마음이 들기 시작했다.

이런 작은 변화로 나는 조금씩 성장하고 있다고 믿는다. 글쓰기라는 작은 습관이 나의 남은 인생 여정을 알차게 만들어 가고 있다. 나에게 생기는 일들에 대해 생각할 시간을 가질 수 있는 것이 글쓰기의 가장 큰 변화이자 장점이다.

비록 천천히, 더디게 성장하더라도 나는 매일 글을 쓴다. 나의 멋진 인생 여정을 기록하기 위해서…

글로 옮기지 못할 인생은 없습니다

그녀를 보면서 나도 웃는다

양지욱

재작년 1월에 코트 가격 150만 원을 카드로 긁었다. 전혀 아깝지 않았다. 오늘 YES24에서 책 11권을 주문하고 그 가격으로 175,040원을 결재했다. 하지만 옷값에 비하면 책값은 지나치게 싸다. 작가의 살과 뼈를 갈아 넣은 만든 책을 비싸다고 투덜대던 나를 반성한다.

글을 쓰면서 새로운 사람으로 다시 태어났다. 과거의 나는 존재하지 않는다. 어떻게 달라졌는지 되돌아보았다.

① 지독한 갱년기를 극복할 수 있었다

3년 전에는 갱년기로 새벽 3시나 4시에 일어났다. 유튜브로 향했다. 퇴근 이후도 마찬가지였다. 정치 유튜브를 10개 이상 구독하고 하루에 두세 시간은 시청했다. 정치 뉴스를 보면 정치가 어떻게 돌아가고 있는지 훤히 보였다. TV에서 특정 정치인이 등장하면 화가 났다. 나도 모르게 입에서 욕이 튀어나왔다. 정치에 대한 글을 쓰겠다는 마음은 전혀 없었다. 어쩌다 정치에 빠져 시간을 축내고, 비생산적인 생각으로 세월을 보냈다(그 시간에 독서를 했더라면 얼마나 좋았을까). 생산자가 아닌 소비자로만 살았다.

지금은 유튜브를 보는 대신 책에 눈이 간다. 제목과 앞표지와 뒤표지에 있는 문장을 읽는다. 책을 선택하여, 어루만지며 어떤 내용이 나를 유혹할지 기대하며 첫 장을 넘긴다. 프롤로그를 거쳐 목차에서 마음에 드는 소제목 페이지를 열어 읽는다. 끌리는 문장을 만나면 줄을 긋는다. 그 문장을 들여다보고 나와 연관을 지어 생각을 시작한다. 질문을 만들기도 한다. 책을 읽고 나서 소감을 책 표지 다음 장에 적어 놓는다. 이전에 책을 읽고 소감을 쓴 내용과 비교하는 재미가 있다. 책을 읽다 보면 눈에 띄지 않았던 문장들이 시간이 흐를수록 많이 다가온다. 10년의 지독한 갱년기를 글 쓰면서 완전히 극복했다. 갱년기를 겪고 있는 독자가 잠 못 이루고 새벽에 깨어난다면 **독서를 하며 글쓰기를 시작하자**. 인생이 바뀐다. 작가가 될 수 있다.

② 철학책을 읽게 되었다

글을 쓰다 보니 삶의 철학이 전혀 없다는 것을 깨달았다. 얇고 부끄러운 지식으로 책을 썼다. 쓰는 동안에 윤동주의 「쉽게 쓰여진 시」가 자꾸만 떠올랐다. 철학 하는 내가 책 속에 존재하지 않

글로 옮기지 못할 인생은 없습니다

는다. 내 글에 삶의 철학이 녹아있는 그런 문장들로 가득 채우고 싶다. 전영애 서울대 명예교수처럼 괴테 연구를 평생 할 수는 없어서 대신『매일 인문학 공부』를 샀다. 20년 동안 괴테 연구를 한 김종원 작가가 쓴 책이다. 매일 새벽마다 그 책에서 문장 하나를 선택하여 생각을 펼치는 글을 쓴다.

③ 사람을 변화시킨다

퍼스널 브랜딩(Personal Branding)은 개인 자체를 브랜드처럼 만들고 관리하는 과정을 가리키는 개념이다. 퍼스널 브랜딩에 활용하기 위하여 블로그를 키우고 있다. 블로그를 시작하고 처음에는 글 쓰는 것이 힘들어 포기하고 싶었다. 하지만 이것을 그만두면 아무것도 할 수 없다고 오기로 버텼다. 3년 차가 되었다. 블로그에 서로 이웃들, 아무 관련이 없는 사람들까지 하루에 50~60명 정도 왔다가 사라지곤 한다.

말을 듣지 않았던 막내 여동생이 드디어 블로그에 글을 올리기 시작했다. 읽고 하트를 날리고, 댓글을 달아주었다. 블로그 시작할 때는 옆에서 자신이 포스팅한 글을 읽어주는 사람이 특히 필요하다. 공감과 함께 댓글을 달아주면 읽고 힘이 나기 때문이다. 나는 사람들이 새로운 일에 도전할 때 중간에 포기하지 않도록 도와주는 힘이 있다. 시도하지 않으면 아무 변화가 없다. **가장 먼저 블로그 포스팅을 시작해 보자.**

④ 다른 사람을 도와줄 수 있는 삶을 살게 되었다

가족들에게 글 쓰는 삶을 살아보라고 강조하고 있다. 재작년 추석 때 가족 모임에서 일기 쓰라고 했더니 모두 깔깔깔 웃었다. 지금은 내가 이루어 낸 결과물을 보고 웃지 않는다. 일기 쓰기가 책을 출판할 수 있는 근본적인 힘이 되었다. 가족 너머 친구, 지인, 동료 교사 등 만나는 사람들에게 글 쓰는 삶을 권한다.

같이 근무했던 행정실장이 내가 보낸 책을 읽고 유일하게 A4에 감상문을 써서 보내 주고, 어떻게 출판했는지를 물어보았다. 지체 장애가 있는 행정실장은 퇴근 후에 힘들어도 시를 쓴다. 어떻게 도우면 될까. 알고 있는 출판사 대표에게 시집을 출판할 수 있게 부탁을 드렸다. 시를 읽어보고, 출판 계약서를 쓰겠다고 하셨다.

글 쓰는 사람을 보면 어떻게 해서든지 도와주고 싶다. 퇴직 후 작가로 살면서 문법부터 시작해서 글 쓰는 법을 가르쳐 주고, 책도 출판할 수 있게 도와주고 싶다. 작가라는 타이틀은 글쓰기를 시작한 사람들에게 다가설 수 있는 최고 무기다. 퍼스널 브랜딩을 위한 준비 요소가 하나씩 첨가되고 있다.

⑤ 열심히 살게 되었다

내 삶은 정제된 한 편의 글이 되고, 쓴 글대로 다시 살아야 한다. 김종원 작가의 '글을 쓸 때 최고의 참고문헌은 자기 삶이어야 한다'는 말이 싫지 않다. 그러기에 괴테는 생애 끝머리에 운을 맞

글로 옮기지 못할 인생은 없습니다

추고 정교히 다듬어 "꿈꾸고 사랑했네. 해처럼 맑게/ 내가 살아 있는 것, 알게 되었네."라고 표현하여 자기의 글을 삶과 일치하며 마무리했다. 내 글이 삶의 마지막 길에 어떻게 표현될지는 '지금 여기에서' 현실이 미래와 연결되어 그 결과로 나타난다.

⑥ 하루가 행복하다

새벽 3시에 일어나도, 4시에 일어나도, 4시 30분에 일어나도 항상 행복하다. 혼자 글 쓰며 잘 논다. 외로울 시간이 없다. 글쓰기가 취미다. 돈도 들지 않아 경제적이다. 이전에는 삶의 뚜렷한 목표 없이 시간을 흘려보냈다. 지금은 퇴직 전 두 권의 책을 출판한다는 목표가 있다. 글쓰기가 항상 나를 기다리고 있다. 즐겁게 글 쓰는 시간을 오롯이 가꾼다. 6시가 지나면 출근 준비를 하기 시작한다. 욕실의 거울 안에서 내가 웃고 있다. 그녀를 보면서 나도 웃는다.

콧노래를 부르면 건강한 사람이라고 한다. 출근길에 차를 끌고 지하 주차장에서 지상으로 올라갔다. 아침 바람이 차고 싱싱하다. 몇 바퀴 안 굴러갔는데 나도 모르게 노래를 부르고 있었다. 몸과 마음이 하나다. 행복한 삶은 성장하는 글을 쓰게 만든다. 성장한 글은 여백이 짙어가는 공간에서 백향(白響)을 풍기는 삶을 만든다.

2-10.
쇼핑을 좋아하시나요?

장혜숙

딩동! 고객님의 소중한 상품이 도착했다는
소식을 전해드립니다. 딩동! 고객님께서는 이번 달 골드등급으
로 선정되셨습니다. 딩동! 딩동! 딩동~~~!

핸드폰에 문자가 왔다.

얼마 전까지 나는 쇼핑중독에 빠져있었다. 주말이면 텔레비전
의 공영방송보다 홈쇼핑 채널을 더 많이 시청했다. 쇼호스트들
의 반짝이는 피부와 화려한 옷, 그리고 유창한 말솜씨는 나를 유
혹하기에 부족함이 없었다. 상품을 주문하면 택배 상자가 문 앞
에 하나, 둘 쌓여갔고 상품을 받을 때면 어린아이가 산타 할아버
지에게 선물을 받은 것처럼 마음이 부풀어 작은 위로를 받았다.
주로 옷과 생활용품을 주문했는데 명품 그릇이나 전자제품은 만
족스러웠으나 옷을 받아보면 대체로 소재나 재질감이 기대보다

떨어지고 색감도 선명하지 않았다. 그래서 자주 반품 신청을 했다. 그렇게 주문한 물품은 몇 번 사용하다가 방치되는 것이 다반사였다.

집안에 짐이 하나, 둘 쌓여가다 보니 공간은 점점 줄어들었고, 남편은 널브러진 물건 때문에 청소하기가 번거롭고 불편하다고 불만을 토로했다. 가끔 백화점에 들러 아이쇼핑을 하면서 계절에 어울리는 디스플레이와 새로 출시된 제품들을 둘러보고 마음에 드는 상품이 있으면 즉흥적으로 구매하기도 했다. 얼마 후 카드 청구서가 날아오는 날이면 한숨이 나고 쇼핑을 줄여야겠다고 다짐하면서 후회했지만, 쇼핑을 중단하기는 쉽지 않았다.

스트레스를 쇼핑으로 해소했던 것이다. 코로나 이후로 학교에도 급박하게 많은 업무변화가 있었다. 갑자기 모든 수업을 온라인으로 진행하려니 새벽까지 포토샵으로 수업자료를 만들고 영상자료를 찾느라 무진 애를 썼다. 직장을 다니며 집안일을 병행하다 보니 육체적으로도 지쳐갔다. 중년의 빈둥지증후군으로 마음은 달그락달그락 빈 바가지처럼 허허로웠다. 그래서 쇼핑으로 허전한 마음을 가득 채웠다.

그렇게 계획 없이 시간과 돈을 낭비하고 있을 때 **지인을 만났다. 아니, 귀인을 만났다.** 그 지인은 나에게 글쓰기를 권했다. 자신도 글쓰기와 블로그를 운영하면서 삶에 성취감과 긍정적인 변화가 많았다고 하면서 글쓰기에 대해 친절하게 설명해 주었다.

글쓰기에 대해 생각해 보았다. 중학교 때 국군장병 아저씨께 위문편지를 쓰면 매번 답장을 받았고 그런 나를 친구들은 무척 부러워했다. 직장생활을 하면서 모범사례 글 공모전에 당선된 경험도 있었으며, 아들이 군대에 갔을 때 훈련병 부모님들을 대상으로 글을 공모했는데 내 글이 당선되어 사열대에 올라 4주간의 훈련을 마친 수백 명의 훈련병 앞에서 부모님들을 대표하여 씩씩하게 글을 낭독하기도 했다.

글쓰기에 나름대로 흥미를 느끼고 있었기에 자연스럽게 블로그를 시작하게 되었다. 내 블로그는 일상에서의 소소한 아름다움을 가벼운 에세이처럼 스케치했다. 블로그를 통해 내 취향을 발견하고 나만의 색깔로 세상에 재미와 감동을 주고 싶었다. 일상을 세심하게 관찰하여 주제를 정하고 다양한 에피소드를 재미있게 올리면서 내가 음식 만들기와 패션, 글쓰기, 그림그리기에 관심이 지대하다는 것을 발견하게 되었다.

글쓰기 덕분에 희미했던 나만의 색을 차츰 선명하게 보게 된 것도 큰 소득이고 기쁨이었다. 제목을 정하고 글감과 어울리는 사진을 찍고 더 적절한 단어를 고심하면서 정성껏 글을 올렸다. 글쓰기가 거듭될수록 내 글에 댓글도 달리고 공감해 주는 사람들을 보면서 소통의 소중함과 위안을 얻었다. 글을 쓰고 있으면 누군가 시침을 돌려놓은 듯 어찌나 시간이 빨리 지나가는지, 금세 두세 시간이 훌쩍 흘러갔다. 어느 날은 버스를 타고 가던 중 글감을 구상하느라 한 정거장을 깜빡하고 지나치기도 했다.

글로 옮기지 못할 인생은 없습니다

글쓰기는 나의 놀이터이자 휴식처가 되었다. 글을 쓰기 시작하면서 주변을 더 세심하게 관찰하게 되었고 글감을 찾기 위해 매의 눈으로 도서, 유튜브 등을 탐색하고 더 좋은 경험을 하기 위해 노력했다. 그렇게 글을 쓰다 보니 어느새 텔레비전의 홈쇼핑과 거리두기를 하게 되었고, 백화점 쇼핑은 엄두도 내지 못하게 되었다. 글쓰기 덕분에 마법에서 풀려나듯 쇼핑중독에서 해방되었다.

또한 글쓰기를 통해 나의 지나온 삶을 뒤돌아보게 되었다. 멋지게 살아야 진정성 있는 글을 쓸 수 있음을 깊이 깨달았다. 그리고 독자들은 좋은 정보와 감동적인 글을 찾아다닌다는 것을 알기에 더 공감할 수 있는 글을 쓰기 위해 나의 삶을 탄탄하게 다져가고 있다. 정리 컨설턴트 작가의 책을 여러 권 읽고 나면 집 정리를 깔끔하게 하고, 블로그에 수납정리에 대한 글과 사진을 올렸다. 그림과 관련된 도서를 읽고 나면 작가와 그림을 시대별로 정리해서 블로그에 올려놓았다.

이제 나만의 취향과 달란트를 발견했으니 글쓰기를 통해 세상을 아름답게 물들이고 싶다. 홈쇼핑에서 물건을 주문하듯 세상에 주문해 본다. 멋진 삶으로 더 진정성 있는 글을 쓸 수 있는 작가가 되기를. 그러면 우주의 좋은 에너지가 내 꿈을 반드시 이루어 주리라 확신한다. 독자 여러분도 글쓰기를 통해 자신만의 색깔과 취향을 발견하고 멋진 미래를 설계해 보기를 기원한다.

2-11.
50대 후반에 글쓰기를 하면서 달라지는 것들

조은애

글을 쓰기 시작한 이후, 나는 나의 경험과 생각을 자유롭게 표현할 수 있는 플랫폼을 얻었다. 바로 나의 블로그가 생긴 것이다. 이전에는 말로 표현하기 어려웠던 감정들을 글로 솔직하게 표현할 수 있게 되었다. 나의 콘텐츠도 생겼다. 그 과정에서 내 안의 감정들을 이해하고 받아들일 수 있게 되었다. 때로는 글을 쓰면서 울기도 했다. 나의 감정들이 되살아나서 슬픔이 몰려오기도 했다.

글을 쓰면서 나는 제 생각을 정리하고 깊게 고민하는 시간을 가져야 했다. 그 결과, 내 생각과 가치관을 더욱 명확하게 인식하게 되었다. 이를 통해 더 나은 결정을 내릴 수 있게 되었다. 50대 후반에 무언가를 시작한다는 것은 어려운 일이다. 어떤 사람들은 '이 나이에 뭘 하려고 하느냐, 편하게 살라'고 말하기도 한다. 그러나 나는 항상 지금이 기회라고 생각한다. 더 나이가

글로 옮기지 못할 인생은 없습니다

들면 '시작'이라는 말이 영영 멀어질 것 같은 생각이 들어 한시가 바쁘다.

글쓰기는 나에게 창작의 기회를 제공했다. 이전에는 소소한 일상을 구체적인 표현을 즐기지 못했지만, 글을 통해 자유롭게 상상력을 발휘하고 이야기를 창조할 수 있게 되었다. 글쓰기를 통해 작은 중수필이나 시를 쓰며 내 안에 잠재한 예술가의 존재를 발견할 수 있었다. 작은 것 하나도 놓치고 싶지 않아서 사진을 찍게 되었다. 사진을 찍다 보니 사진작가가 되고 싶은 욕심이 생겼다.

예전에 평생교육원에서 사진을 가르치는 친구 남편을 찾아가서 나의 사정을 이야기하면서 사진 배우기를 요청했다. 그분은 참 고마운 분이었다. 기꺼이 일주일에 한 번 출사를 가기로 한 것이다. 나와 소영 언니, 내 친구들과 합류해서 사진을 한 장 한 장 찍기 시작했다. 전국을 다니면서 좋은 명소를 찾아다녔다. 가방을 둘러매고 새벽 시간이며 늦은 밤을 마다하지 않았다. 어디든 따라다니면서 사진 삼매경에 빠졌다. 친구와 나는 사진작가가 되었다. 날마다 사진을 찍은 것을 올리고 재미있게 글을 쓰게 되었다.

사진을 찍는 일은 덜렁대는 나의 성격을 꼼꼼하게 바꾸어 놓았다. 아름다운 순간을 보면 그냥 지나치지 못하는 버릇이 생겼다. 차를 타고 가다가도 멋진 풍경을 마주할 때면 차를 갓길에 세우고 한 컷을 담는 것을 마다하지 않았다.

책을 읽는 습관이 생겼다. 책을 읽어야 글을 쓸 수 있으므로 독서 습관과 낭독 습관을 지니게 되었다. 낭독 독서 모임을 2년째 하고 있다. 새벽 5시에 일어나 책을 낭독하고 필사를 하고 감상을 나눈다. 낭독은 전라도 사투리를 쓰는 나의 언어습관을 바꿔 주었다. 또렷한 발음은 상대방에게 언어가 쉽게 전달되도록 만들었다.

낭독으로 유튜브 활동을 하는 유튜버가 되었다. 채널 이름은 '조조 캠퍼스'이다. 오늘의 아름다운 일상과 여행하면서 만난 소중한 장면들을 놓치지 않고 올린다. 이번에는 블로그에 올린 글들을 옮기는 것을 목표로 글을 열심히 쓰고 있다.

무엇보다도, 글을 쓰는 과정에서 나는 많은 사람과의 소통과 연결을 경험하게 되었다. 나는 일상을 기록하며 사소한 것에도 관심을 갖게 되었다. 다른 이들의 이야기에 귀를 기울이는 것은 서로에게 큰 감동과 위로를 주었다. 글쓰기를 통해 나의 이야기가 누군가에게 희망과 용기를 줄 수 있다는 사실은 나에게 큰 보람을 안겼다.

글쓰기를 시작함으로써 나는 변했다. 자신을 표현하고 이야기를 전하는 능력을 발전시켰다. 내 안의 창작자와 소통하는 기쁨을 느끼게 되었다. 글쓰기는 나에게 새로운 세계를 열어 주었고, 나를 더욱 풍요롭게 만들었다.

또 다른 나의 콘텐츠는 '글로 동안 연구소'이다. 5~60대들에게 건강한 아름다움을 선사하고 싶다. 나는 항상 배우고 읽기를 마다하지 않는다.

내게는 한약을 직접 달여서 약을 만들어주시는 부모님이 계신다. 100세를 바라보는 나이에 밭에 강황을 심어서 자식들을 주겠다고 농사를 짓고 있는 엄마를 보면 대단하다는 생각이 든다. 그런 엄마의 모습이 나를 한의학의 길로 향하게 만들었다.

남양중의대를 다니게 되었다. 글을 쓰면서 건강에 대해 글을 쓰고 싶다는 생각이 들었다. 건강에 관련된 책을 보면서 공부하는 일이 즐겁다. 한의학, 마컬 심리상담사, 음양오행, 명리학 등은 나의 호기심을 자극한다. 공부하면 할수록 더욱 글의 폭이 넓어짐을 느낀다. 벅차다는 생각도 들지만 욕심내지 않고 조금씩 익혀나가고 있다.

나는 이렇게 글쓰기의 힘을 경험하고 있다. 좋은 글쓰기 경험이 한 차원 높은 삶을 살아가도록 해 주었다. 멈추지 않고 계속해서 나아가고자 한다. 이 작은 시작이 성장과 변화를 이끌어내었고, 나는 앞으로도 글쓰기를 통해 더 많은 가능성을 찾아 나아갈 것이다.

2-12.
글을 쓴 뒤로 생기는 사소한 변화들

박진선

인생은 우리 자신을 탐험하고 발견하는 여정이다. 글쓰기는 그 여정에서 한 가지 특별한 도구로 작용한다. 나는 글쓰기를 통해 내면의 나를 새롭게 조망하고, 자기 인식과 성장에 큰 도움을 받았다. 이 글에서는 글쓰기를 통해 나를 발견하는 과정과 그 경험에 대해 이야기하고자 한다.

나는 글쓰기를 시작한 이후로 많은 변화와 성장을 경험했다. 처음에는 그저 글을 쓰는 것으로 시작했지만, 글을 통해 내 안에 잠재된 감정, 생각, 경험을 자유롭게 표현할 수 있는 자기표현의 수단으로서의 가치를 알게 되었다. 글쓰기를 통해 나는 내면의 나를 조금 더 깊이 관찰하고 이해할 수 있었다. 단순한 메모와 일정 정리, 보고서 작성, 기록, 일기 따위와는 차원이 달랐다.

글을 쓰는 과정에서는 내 안의 이야기들이 하나 둘 모습을 드

글로 옮기지 못할 인생은 없습니다

러내기 시작했다. 그리고 그 이야기들을 글로 풀어내면서 나 자신에게서 새로운 나, 어쩌면 '언젠가부터 내 안에 자리 잡았을 나'를 발견했다. 내 안에 잠재되어 있던 감정들과 그들이 뒤섞인 복잡한 생각들이 글을 통해 해체되고 정리되며, 내면의 나를 조금 더 명확하게 보게 되었다. 그렇게 나의 새로운 계획이 짜여지고 실행으로 옮겨지게 되었다.

멀찌감치 떨어져 나를 보는 사람들은 '또 하고 싶은 걸 하는구나'라고 생각할지도 모른다. 하지만 글과 함께 정리된 이번 2023년은 달랐다. 여느 해처럼 플래너를 짜고 실행을 하고 기록하듯 다이어리에 옮기고 블로그에 포스팅을 하던 그것과는 달랐다. 그랬다면 난 지금 내 나름의 로망인(줄 알았던 것) 제주도나 몰타에서 아이들과 '한 달 살기 혹은 일 년 살기'를 실천하고 있겠지.

그렇게 달라진 내 2023년은 이러했다.

□ 블로그 관리(포스팅할 사진에 맞는 진술한 글쓰기 작업) 4개월
□ 온라인 홍보 마케팅에 필요한 자격증 공부 및 취득(컴퓨터, 유튜브 크리에이터)
□ 촬영과 편집에 관련된 기본 교육
□ 영어 동화책 공부 및 교구 만들기 작업 및 자격증 취득
□ 타로심리상담 공부 및 자격증 취득
□ 시민영화제 기획단 활동
□ 마을 미디어 활동가 교육
□ 김해미디어센터 사업공모전 선정, 5분짜리 영상 2편 촬영 중

글쓰기는 또한 나와의 대화를 통해 나를 알아가는 과정이기도 했다. 글을 통해 내 안의 목소리를 듣고, 그 목소리로 대화하며 내 안의 나와 소통하게 되었다. 이를 통해 내 안의 감정과 욕구를 더욱 잘 이해하고 수용할 수 있게 되었다. 글쓰기는 내게 자기 수용과 자기 사랑을 실천할 기회를 주었다.

그렇게 나는 휴학에서 제적으로 넘어간 한 학기 남은 대학원을 과감히 놓아 버렸다. 마음 편히 방송대 청소년교육과에 편입학해서 즐겁게, 그리고 어렵게 학업을 즐기고 있다. 이 또한 정말 즐겁다.

글쓰기를 통해 나를 살펴보는 과정은 때로는 어렵고 아픈 일일 수도 있다. 나 역시 내면의 어둠과 부정적인 감정들을 마주하며 고뇌할 때도 있었다. 그러나 글쓰기는 그 어려움을 이겨낸 나를 더욱 강하고 성숙한 사람으로 성장시켰다. 내 안의 나를 받아들이고 이해하는 과정은 내게 자기 존중과 자기 성찰을 선사했다.

글쓰기를 통해 내면의 나를 살펴볼 수 있었고, 나를 더 알게 되었다. 글쓰기는 나에게 힘과 용기를 주었으며, 나 자신과의 관계를 더욱 풍요롭게 만들었다. 이제 글쓰기는 나의 삶에서 뗄래야 뗄 수 없는 부분이 되어, 더 나은 나를 향한 여정에서 길잡이 역할을 하고 있다.

글로 옮기지 못할 인생은 없습니다

2-13.
글로 옮기지 못할 인생은 없다

황상열

       오늘도 한 사내는 밤거리를 헤맨다. 마음이 너무 답답해서 누구라도 만나 하소연을 하고 싶었다. 오랜만에 연락이 닿은 지인이 집 근처 술집에서 기다리고 있을 테니 천천히 오라고 한다. 세수만 하고 모자를 쓰고 트레이닝복 차림에 슬리퍼를 신고 나갔다. 누가 봐도 백수처럼 보였다. 면도한 지 오래되었다 보니 수염도 덥수룩했다.

  술집 문을 여니 양복 차림에 말끔한 모습의 지인이 한 구석 자리에 앉아있었다. 불과 몇 달 전까지만 해도 나도 저런 복장이었는데. 나도 모르게 한숨을 쉬었다. 그 모습을 본 지인은 그만 좀 한숨 쉬라고 타박한다. 그 한마디에 또 울컥해서 답답해서 그렇다고 소리쳤다. 이런 모습에 익숙했던 그는 신경 쓰지 않고 메뉴판을 보더니 어묵탕과 소주를 시켰다. 소주 한 잔을 따라주던 지인이 다시 말했다.

"잠시 쉰다고 생각해. 지금까지 열심히 잘 달려왔잖아. 힘내라."

"네가 뭘 안다고 또 그런 이야기를 하는 거야? 나 못 놀아. 일해야 한다고! 한 달 벌어 한 달 사는 인생인데. 잠시라도 쉬는 게 나에게는 사치야."

"그럼 네 마음대로 해. 사람이 이야기를 하면 좀 들어야지. 너는 왜 이렇게 삐딱하게 보냐? 그러니까 회사에서 잘린 거 아냐?"

"말 다 했냐? 위로해 준다고 불러놓고, 염장 지르는 거냐?"

"됐다. 그만 만나자. 연락하지 마라. 매사에 부정적이라 내가 더 힘들다."

소주 한 병만 마시고 그와 헤어졌다. 몇 잔 마시지도 않았는데, 머리가 아프고 속이 매스껍다. 집까지 어떻게 걸어왔는지 기억이 나지 않는다. 집에 오자마자 잠이 들었다. 눈을 떴다. 새벽이다. 다리에서 떨어지는 꿈을 꾸었다. 식은땀이 났다. 다시 눈을 감았다. 나도 모르게 내 눈에서 또 눈물이 흐르고 있었다. 어쩌다가 여기까지 오게 되었을까? 앞으로 어떻게 살아야 할까?

이제 더 이상 날 만나 줄 사람도 없었다. 회사에서 잘나가던 시절 도와달라고 했던 사람들은 정작 내가 도움을 요청하자 받지 않았다. 아무도 내 연락을 받지 않았다. 인간관계가 참 허무하다는 것을 그때 제대로 깨달았다. 또 영원한 것은 없다는 사실까지. 답답한 마음과 공허한 감정을 어떻게 풀어야 할지 몰랐다. 이 이상 술에 의지하는 것도 한계가 있었다.

글로 옮기지 못할 인생은 없습니다

컴퓨터가 보였다. 전원을 켜고 한글창을 열었다. 그 당시에 읽었던 책 중에 마음이 답답하면 글을 한 번 써 보라는 구절이 생각났다. 그래! 그냥 생각나는 대로 써 보자! 아무말 대잔치도 좋으니까! 지금 나의 상황과 감정을 느끼는 대로 모니터를 보며 자판을 두드렸다. 5줄 정도 쓰니 더 이상 쓸 말이 없었다. 내가 쓴 글을 읽었다. 조금은 마음이 편해졌다. 2015년 1월 어느 날에 있었던 일이다. 그날 이후로 매일 조금씩 글을 쓰기 시작했다.

"내가 무엇을 좋아하는가? 나는 누구인가? 앞으로 어떻게 살아야 하는가?"

많은 질문을 떠올리면서 생각나는 대로 가감 없이 한글창에 글을 썼다. 그중 일부를 블로그에도 같이 올렸다. 글쓰기 강의도 듣고 책을 읽으면서 조금씩 요령과 기술도 익혔다. 책을 읽고 리뷰도 썼다. 내 평범한 일상에서 일어난 일도 쓰기 시작했다. 드라마나 영화를 보고 느낀 점도 기록했다. 그렇게 매일 쓰면서 독자들에게 어떤 메시지를 줄 수 있을까 고민하면서 지금까지 8년 넘게 글쓰기를 이어오고 있다. 꾸준하게 닥치고 쓴 덕분에 많은 기회를 잡고 성과를 낼 수 있었다.

글을 쓰면서 깨달은 점은 하나다. 누구나 자신의 이야기와 경험을 글로 옮기면 작품이 된다는 사실. 글로 옮기지 못할 인생은 없다는 것을. 평범한 일상을 계속 쓰다 보면 그 자체가 특별해진다는 것을. 여전히 부족한 필력에 한 편의 글을 완성하는 것도 머리가 아프다. 하지만 글을 쓰다 보면 현재의 내가 과거의 나를 위로하고 희망을 발견하게 되었다. 글쓰기로 인생을 배웠다. 많은 사람들이 글쓰기의 매력을 알아가면 좋겠다. 오늘도 한 편의 글을 쓰니 뿌듯하다.

글로 옮기지 못할 인생은 없습니다

3장

글은 어떻게 삶의 무기가 되는가

3-1.
자유롭게 묘사하고 서술하자

김순철

글을 쓰기 위한 방법 하나는 자신의 이야기를 구체적인 스토리를 구상하여 다른 사람이 내가 느끼는 감정이 느낄 수 있도록 '구체적인 감정을 전달하는 것'이라고 한다. 흔히 이 방법을 사용하여 삶을 글로 표현한다면 좋은 글이 된다고 말하지만 기실 글을 쓰는 방법은 여러 가지일 것이다.

실제로 경험을 토대로 글을 쓰기도 하고, 때로는 현재 나의 감정의 흐름과 감성을 담아 글을 쓰기도 한다. 물론 나의 실제 경험이나 사물을 보고 나의 감정과 감성을 묘사하는 글만 있는 것은 아니다.

있을법한 이야기를 순수하게 창작으로 상상하여 자유롭게 묘사하고 서술하기도 한다. 그러나 이런 다양한 글쓰기에도 법칙은 존재한다.

우선, 세부적인 사실과 관찰을 활용해야 한다. 예를 들어 "흰 눈이 내리는 동안 바람이 불어 눈이 이리저리 날리며 울부짖는 소리를 들을 수 있었다"와 같이 구체적인 장면을 묘사하는 것이다.

또한 감각적인 경험을 담아내야 한다. 예를 들어 "창문 너머로 바람이 산들산들 불어온다. 그 바람을 타고 부드러운 꽃잎이 달콤한 향기를 풍기며 내 손에 떨어지고 있다."와 같이 독자가 글을 읽으면서 향기, 맛, 촉감 등을 떠올릴 수 있도록 구체적이고 감각적인 표현을 사용하여야 한다.

감정 전달 또한 감정을 직접적으로 표현하기보다는 간접적인 방법을 사용해 보자. 독자가 글을 통해 느끼는 감정을 자연스럽게 불러일으킬 수 있도록 묘사하는 것이 중요하다. "어두운 밤하늘에 빛나는 별들이 나의 마음을 비추었다. 그 모습은 고요함과 아름다움을 동시에 담고 있었다. 나는 별들의 빛을 따라 멀리 떠나고 싶다는 강렬한 열망을 느꼈다."와 같이 표현하여야 할 것이다.

이어서, 비유와 상징을 활용하여 감정을 전달해야 한다. 예를 들어 "눈물이 마음을 적셔간다. 그 순간의 아픔은 황량한 사막을 걸어가는 것과 같았다."와 같이 상징적 표현을 사용하는 것도 좋다.

주제를 더욱 아름답게 표현하자. "작은 순간들이 모여 선사하

글로 옮기지 못할 인생은 없습니다

는 사랑의 향기는 우리를 더욱 빛나게 만들어 주고, 힘들 때 우리에게 위로와 희망을 선사합니다."와 같이 감동을 전달한다.

다음으로 글의 구성을 신중하게 고려한다. 예를 들면 아래와 같다.

도입: 어릴 적부터 꿈꿔온 그 순간이 드디어 찾아왔다.

전개: 긴 노력과 준비 끝에 내가 꿈꿔온 그 순간에 서 있을 때, 마음은 설렘으로 가득 찼다. 주위 사람들의 박수와 격려의 말들이 내 귀에 들려와 자신감이 생겼다.

결말: 그 순간은 허무하게도 빠르게 지나갔지만, 그 순간을 향한 노력과 열정이 결실을 맺은 것을 느꼈다. 이제부터는 새로운 꿈을 향해 나아가야 할 시간이다.

위와 같이 도입, 전개, 결말 등의 구조를 지니도록 글을 구성한다.

흐름을 부드럽게 유지하려면 전환어나 연결어를 적절하게 활용할 필요가 있다. "먹고 싶은 음식을 선택할 때는 많은 고려 요소가 있습니다. 건강, 영양, 개인의 취향 등을 고려하여, 다양한 옵션을 비교해 보고 마음에 드는 메뉴를 선택하는 것이 좋습니다." 이렇게 하면 글을 읽을 때 자연스럽게 이어지는 느낌을 받을 수 있다.

위의 방법들을 활용하여 글쓰기 능력을 향상시킬 수 있다. 연

습과 경험을 통해 나만의 글쓰기 스타일을 발전시키며, 다양한
주제와 감정을 표현하는 데 도전하려 한다. 훌륭한 글을 쓰는 데
에는 시간과 노력이 필요하지만, 꾸준한 연습과 열정을 가지고
노력하면 좋은 결과를 얻을 수 있다고 믿어 의심치 않는다.

글로 옮기지 못할 인생은 없습니다

3-2.
세상에 나쁜 날씨란 없어요

이루다

최근 영화 〈시〉를 보았다. 주인공 '미자'의 시 선생님은 첫 수업 시간, 사과를 보여주며 여러분들은 사과를 한 번도 본 적이 없다고 말한다. '사과라는 걸 정말 알고 싶어서 관심을 가지고 이해하고 싶어서, 대화하고 싶어서 보는 게 진짜 보는 것'이라고 설명한다. 무엇이든 진짜로 보면 뭔가 자연스럽게 느껴지는 게 있다는 말과 함께 시에 대해 덧붙여 말한다.

"시를 쓴다는 것은 아름다움을 찾는 일입니다. 우리 눈앞에 보이는 것들, 우리 일상의 삶 속에서 진정한 아름다움을 찾는 것입니다. 우린 모두 가슴 속에 시를 품고 있습니다. 시를 가둬두고 있는 것, 그것을 풀어줘야 합니다. 가슴 속에 갇혀있는 시가 날개를 달고 날아가 오를 수 있도록. 시상은 찾아오지 않습니다. 내가 찾아가서 그려야 합니다. 찾아가 사정해야 합니다. 분명한 건 멀리 있지 않고 내 주변에 있다는 것입니다."　　— 영화 〈시〉 中

사람들은 글을 쓰는 일이 어렵다고 생각한다. '글감'을 찾고 정하는 일이 처음엔 쉽지 않기 때문이다. 〈시〉의 주인공 미자는 떠오르지 않는 시상을 위해 선생님의 수업 내용대로 진정한 '관찰'을 하려고 수업 시간 이후 모든 사물과 생명을 자세히 보기 시작한다. 그런 노력에도 불구하고 처음부터 미자에게 시상이 온 건 아니다. 서서히 시간이 흘러가면서 대상과 자신을 동일시하고부터 시상이 떠올랐고 결국 시 한 편을 완성해 낸다.

　처음 글을 쓸 땐 글쓰기 모임에서 주제를 받아 썼었다. 누군가 주제를 정해 주는데도 잠들어 있던 기억을 끄집어내어 글을 쓴다는 게 쉽지 않았다. 모임이 끝나고 스스로 처음 글을 쓸 때는 글감을 정하는 게 어려워 글을 쓰기가 싫어질 정도였다. 그런 내가 최근엔 글을 쓰는 일이 더욱 즐겁게 느껴지고 정해 놓은 숙제처럼 느껴지지 않게 되었다. 글을 처음 시작하는 초보자분들께 추천할 만한 방법 세 가지를 소개한다.

※주의 사항 : 가볍게 시작하세요.

　첫 번째, 칼럼을 다양하게 읽어본다. 처음엔 자신의 관심 분야로 시작하여 점차 다양한 방향으로 읽기 시작한다. 칼럼을 읽고 요약한 내용을 토대로 공감하거나 반대 생각을 글감으로 정해서 써 본다. 단순하게 칼럼에 나오는 키워드를 직관적으로 선택하여 그 키워드를 토대로 글을 써 봐도 좋다. 키워드에 나의 경험이나 떠오르는 이야기들을 연결해서 써 보는

　　　　　　글로 옮기지 못할 인생은 없습니다

방법이다.

두 번째, 산책을 통해 생각을 끄집어낸다. 그 안에서 글감을 찾는 방법이다. 최근에 방치했던 운동을 계획하며 산책을 다시 시작했다. 산책의 효과를 보았던 경험으로 믿고 하는 글감 찾는 방법이다. 체력 향상과 아이디어 도출에 많은 도움이 되었다. 다비드 르 브르통의 『걷기 예찬』을 읽고 걷기 시작했는데 걷기라는 행위가 많은 부분에 도움이 된다는 사실을 깨달았다. 이 글을 읽고 걷기에 관심이 생긴 독자분들이 계신다면 브르통의 책을 읽어보고 걸어 보시길 바란다.

길을 걷다 보면 여러 생각이 떠오른다. 전날 꾼 꿈이 떠오를 수도 있고, 가족이나 지인과 나눈 대화 내용, 읽던 책에 나오던 좋은 구절 등 정말 다양한 심상이 샘솟는다. 여기서 중요한 점이 한 가지 있다. 떠오르는 글감을 그냥 흩어지게 놔두면 안 된다는 것. 떠오르자마자 핸드폰을 꺼내 메모장을 켜자. 그리고 떠오른 내용을 남김없이 메모해 두자. 그래야 집으로 돌아가 노트북 앞에 앉았을 때 허둥대지 않고 글을 쓸 수 있다. 기억은 금방 흩어져 버리기 때문에 그 기억을 꽉 붙잡아 둘 수단이 필요하고 메모는 기억을 붙잡아 둘 수 있는 가장 좋은 방법이다.

세 번째, 독서를 통해 글감을 찾는 방법이다. 누구나 책을 읽으면 좋다는 것은 알고 있지만 책을 어떻게 활용할지 갈피를 못 잡는 경우를 많이 본다. 단순히 책을 많이 읽기만 한다고 해서 글감이 저절로 떠오르진 않는다. 좀 더 획기적인 방법이 필요하다. 우선 책을 천천히 읽는 것에서부터 시작한다. 책을 한 문장씩 읽으면서 필사하는 방법이 제일 좋다. 필사하고 그냥 넘어갈 게 아니라 그 한 문장에 대한 자신의 의견을 적어 보는 게 도움이 된다. 필사한 문장에 대해 떠오른 문장을 적어 두고 느낀 점을 토대로 글감을 뽑아 본다. 그것만으로도 충분한 글감이 되어 줄 것이다.

가끔 사 먹는 빵집에선 매일 다른 메모를 적어주시곤 한다. 어느 날 빵을 시켜 먹고 새로운 메모를 받았는데 그 메모의 내용이 인상 깊어 고이 간직해 두었다.

"햇빛은 달콤하고 비는 상쾌하고 바람은 시원하며 눈은 기분을 만들죠. 세상에 나쁜 날씨란 없어요. 서로 다른 종류의 좋은 날씨만 있을 뿐."

우리에게 나쁜 하루는 단 하루도 없다. 모든 하루가 글감이기 때문이다. 요즘 무슨 일만 생기면 머리에 자동으로 이런 생각이 떠오른다. '아! 글에 써먹어야겠다!'

이 글을 읽는 이들에게 위의 방법들이 글을 쓰는 어려움에 조금이라도 도움이 되길 바란다. 뭘 망설이는가. 당신의 하루가 이미 좋은 글감인 것을.

글로 옮기지 못할 인생은 없습니다

3-3.
자신이 가진 능력이 무엇이든지
글로 표현할 수 있어야 한다

최경희

유태인들은 '하브루타'라는 문화가 있다. 심플하게 표현하면 '짝지어 말하기'이다. 그들은 '말로 설명할 수 없다면 모르는 것이다'라고 말한다. 그 말에 동의한다. 간혹 학생들에게 또는 성인 학습자들에게 질문한다. 그들의 답은 이랬다.

"알고는 있는데 생각이 안 난다."

이렇게 대답한다면 그들은 모르는 것을 안다고 착각하고 있는 것이다. 안다면 말할 수 있어야 하고, 안다면 쓸 수 있어야 한다. 모르고 있는데 알고 있다고 착각하는 것은 메타인지가 낮은 상태다.

메타인지가 높으면 높을수록 자신이 무엇을 잘하고 무엇을 못하는지 자신이 무엇을 해야 하고 무엇을 하지 말아야 하는지 알 수 있다. 또한 그것은 자신의 삶을 위해 더 나은 선택을 할 수 있도록 돕는다. 그래서 불필요한 선택과 행동을 그만두고 필요한 선택과 행동으로 더 나아갈 수 있게 된다. 그러면서 자신의 삶이 과거보다 더 나은 방향으로 가고 있음을 인지하고 그의 삶이 행복하고 여유를 가지면서 더 성공한 삶을 살게 된다. 결국 그런 사람들 중에 긍정의 영향력을 발휘하는 사람들은 타인을 돕게 된다. 그것이 우리 사회의 선순환의 고리를 만들어 많은 문제가 있는 사회적 모순 속에서도 무너지지 않고 지속되는 가능성을 만들어 간다.

결국 글쓰기는 자신의 생각을 문자로 옮기는 작업이다. 또한 그런 작업을 하며 눈으로 확인하는 과정을 거친다. 그때 우리의 뇌가 반응한다. '아, 괜찮은 표현이구나!', '어딘가 어색한데….' '바꿔 써야겠다.', '다시 써야겠다.', '더 좋은 표현은 없을까?' 이러한 과정들을 거치며 우리는 점점 더 글쓰기에 능숙해지고 생각의 정리를 하게 되며 전보다 나은 능력을 갖출 수 있다.

요즘은 어린 사람이나 나이 든 사람이나 새로운 일자리를 구하기 위한 노력을 많이 한다. 공업고등학교 학생들은 고2 때부터 취업을 위해 지원서를 내고 준비한다. 이때도 가장 어려워 준비하기를 미루고 지원자들을 괴롭게 하는 것이 글쓰기다. 바로 **자기소개서다.** 취업을 준비하는 사람 대부분이 글쓰기를 두려워한다. 자신을 소개하는 글을 잘 표현해야 취업을 할 수 있는 기회가 주어지는 데도 말이다. 왜 그런지 생각해 보면 몇 가지 이유가 나온다.

글로 옮기지 못할 인생은 없습니다

첫째, 글쓰기가 생활화되어 있지 않다. 글은 그저 몇몇 잘 쓰는 사람들의 소유물이라고 생각한다.

둘째, 자기 자신에 대해 깊이 생각해 보지 않았다. 대부분 남 얘기하라면 많이 하고 잘한다. 정작 자신에 대해서 진지하게 생각해 보거나 고민해 본 시간이 많지 않다는 것이다.

셋째, 글을 잘 써야 한다는 부담에 자꾸 시작하기를 미룬다. 누구나 잘 쓰고 싶다. 누구나 말을 잘하고 싶다. 하지만 중요한 것은 먼저 생각하기다. 메모를 하면서 생각해도 도움이 된다. 나중엔 메모를 한 것을 한 문장으로 써 보고, 한 문장을 세 문장으로 표현해 보는 연습을 하는 것이다. 또 안 써 보고 걱정만 할 것인가? 의심만 할 것인가? 일단 써 보자! 쓰지 않고는 다음 단계로 나아갈 수 없기 때문이다.

과제를 낼 때도 써야 한다. 발표를 할 때도 써야 한다. 심지어 전문가가 되기 위해서도 써야 한다. 연구자가 자신의 연구를 어떻게 증명할 것인가? 써야 한다. 심지어 법정에서 이혼에 유리한 것도 기록이다. 범죄의 피해를 입증하는 것도 써야 한다.

한 15년 전으로 기억한다. 녹음실에서 연락이 왔다.

"선생님, 녹음 원고가 없어 일단 원고부터 작업을 해 주셔야 하는데 가능할까요? 다른 분이 써 주신 것이 있는데 너무 어색해서 이분하고는 맞지 않아 다시 써야 할 것 같습니다."

시의원으로 출마하시는 분의 지인이 대필해 주셨다고 하는데 화자의 관점이 아닌 그 분의 관점에서 쓰신 글이었다.

시의원 후보자를 만나 질문지를 작성하여 인터뷰를 진행했다. 녹음을 하면서 끝낸 인터뷰를 다시 글로 정리했다. 부지런하게 몸으로 뛰시는 그 분은 인터뷰 후 녹음실 벤치에서 쪽잠을 주무시고, 나는 원고를 작성하고 수정한 후 후보님을 깨워 원고를 읽어 드렸다. 듣고 하신 말씀.

"그케, 내가 그 말이 하고 싶었다 아이가!"

원고 작업 후 녹음까지 끝내고 새벽 1시가 되어 집으로 돌아왔다. 결국 그 후보님은 늘 성실히 마을의 어린이들 등교까지 돕던 분이라 시의원에 당선되어 열정적인 활동을 하셨다. 지금 생각해도 유의미한 시간이었다. 우리 도시를 위해서도 참 좋은 성과였다.

한 6년 전 2월에 한 사람을 만났다. 아기가 어린데 지금은 잠시 육아휴직 기간이고 복직을 앞두고 자신이 더 노력해야 하는 상황인데 아기를 봐 줄 사람도 없어 발을 동동 구르고 있었다. 나는 수화기 너머로 들려오는 오늘 처음 연결된 그의 삶에 안타까운 마음이 들었다. 그렇게 열심히 살아내려고 애쓰는 한 젊은 엄마가 보였다. 그러자 방법이 그냥 생각났다. '아이돌보미 시스템이 있다. 잘 봐주시는 선생님도 계신다. 만나 보겠느냐?'는 나의 말에 우리는 연결이 되었다.

글로 옮기지 못할 인생은 없습니다

다행히도 그녀는 열심히 과정에 참여할 수 있었고 아기를 돌봐 주시는 선생님이 우리 센터에 와서 아기를 봐주시는 동안 그녀는 안심하고 개인 코칭을 받고 마무리할 수 있었다.

그다음 해 서울로 이사를 간 그녀에게 도움의 요청이 왔다. 여러 어려운 상황으로 이혼을 하게 되었는데 에세이를 써 줄 사람이 필요하다고 부탁하는 것이었다. 기꺼이 써 주었다. 직장 동료나 자신의 상황을 잘 아는 사람들한테 부탁했더니 다들 거절했다고 한다. 무척이나 실망한 상태에서 나에게 마지막으로 부탁을 했다고 한다. 결국 담당 변호사와 그의 목표대로 잘 마무리되었다고 연락이 왔다.

"선생님, 도와주셔서 정말 감사해요. 이 은혜는 꼭 갚을게요."

물론 그녀는 그 전보다 훨씬 더 당당하게 잘 살아내고 있다. 예쁜 딸아이를 홀로 키우면서도 그전보다 행복하게 말이다.

또 2년 전 지인의 부탁을 받은 적이 있었다. 지인은 포항에 거주하고 남동생이 대구에 거주 중인데 글을 써야 하는 중요한 일이 생겼다. 그런데 평소 글을 써 본 일이 없어 도움이 필요하다는 것이었다. 연락처를 주고받아 통화를 했다. 거리상 대면하기는 어려워 통화로 진행했다. 당사자는 아내의 이혼 소장을 받아 당황스럽고 억울한 부분이 있다고 말씀하셨다. 아내 분을 알 수는 없으나 지인의 가족을 알고 지내왔던 터라 동생의 이야기를 어느 정도 긍정적으로 받아들였다. 변호사가 있기는 한데 그들이 너무 바빠서 일단 써 오라고 했다는 것이다.

그와 통화를 하며 질문하고 기록하고 다시 후속 질문들을 하며 그의 이야기를 쓰기 시작했다, 다음날 그와 통화하여 인터뷰 내용을 글로 작성한 것을 읽어 주었다.

"아~ 맞아요. 선생님! 제가 그렇게 쓰고 싶었어요. 너무 답답하고 억울한데 글로 정리한 것을 들으니 속이 좀 풀립니다. 잘 써 주셔서 감사합니다."

나 또한 그의 이야기를 들으며 화도 나고 속이 상했다. 어쨌든 나는 화내는 사람이 아니고 그의 이야기를 글로 표현하는 부탁을 받았기에 사실 여부와 기간, 시간 등을 확인하고 썼을 뿐이다.

이렇게 글쓰기는 우리 삶에 중요한 순간순간을 빛낼 수 있다. 무엇보다도 강력한 무기가 되어 타인의 삶도 도울 수 있다. 그런 글쓰기를 지금 이 순간부터 당신도 써 내려가기를 응원한다. 당신이 원한다면 이루어 낼 수 있다. 오늘이 바로 빛나는 순간의 첫 번째 날이다.

글로 옮기지 못할 인생은 없습니다

글을 쓰기 위한 나만의 방법

문미영

나는 독서를 많이 하는 편이다. 독서를 하고 SNS에 책 후기나 서평을 많이 쓰다 보니 출판사나 작가님으로부터 직접 책을 협찬받아 신간들을 접할 수 있다는 것이 좋다.

책을 많이 읽고 서평으로 글을 쓰면서 책에 대한 내용이 오래 기억에 남고, 기억이 안 나더라도 내가 적었던 글들을 다시 한번 보면 책의 내용이 어렴풋이 기억난다. 서평이 아니더라도 하루의 일과나 갑자기 떠오른 생각, 특별했던 경험을 기록해 두고 이를 바탕으로 글을 쓴다. 그럼 나만의 글쓰기 방법을 공유해 보고자 한다.

1) 무조건 쓰자

초고는 쓰레기라는 말이 있다.

초고는 양을 채우는 목적이다.

말이 되든 안 되든 그것을 따지지 않고 나는 일단 생각나는 대로 글을 쓴다.

글을 다 쓴 다음에 맞춤법 검사를 하고 읽어보고 아니다 싶은 내용을 수정하거나 추가하거나 삭제하면서 퇴고 작업을 한다. 소리 내어 읽거나 계속 눈으로 읽다 보면 내 글이 어디가 어색한지 찾아낼 수 있고 수정하는 과정에서 가독성 있게 쓸 수 있다.

2) 사소한 것이라도 관찰을 잘하자

나는 글을 쓸 때 다른 사람과 했던 이야기, 남편과 했던 이야기 혹은 드라이브를 갔을 때 봤던 풍경들이나 특이했던 사람과 환경에 대해서 기록해 놓는다.

'이게 글감이 된다고?' 하고 보통의 사람들이 흘려 넘기는 것들을 나는 유심히 관찰하고 이러한 것들을 글로 쓰면 좋겠다는 생각을 한다.

내가 글을 쓴 것들을 보면 다른 사람과 했던 이야기에서 영감을 얻어 나만의 글로 승화시켜 썼던 것들이 제법 된다. 다른 사람이 나에게 글의 '영감'이 되어주는 것이다.

3) 집중이 잘 되는 시간과 장소를 찾자

나는 글을 쓸 때 따로 시간을 정해두고 쓰지는 않는다.

글로 옮기지 못할 인생은 없습니다

아침 시간에 집중이 잘 되어서 아침에 글을 쓰고, 밤에 조용할 때 집중이 잘되어 밤에 글을 쓸 때도 있다. 약속이 있어서 외출해야 할 때는 외출에 가기 전에 쓰거나 외출에 다녀와서 글을 쓸 때도 있다.

그래서 나는 집중이 잘 되는 시간에 몰아서 글을 쓴다. 그렇게 나는 그 시간에 집중력을 발휘해서 전자책을 출간했다.

또, 나는 독서를 할 때와 글을 쓸 때의 장소가 다르다. 독서는 거의 카페나 차 안에서 한다. 틈새 시간을 잘 활용하는 편이다. 하지만 글은 집중력을 많이 필요로 하는 작업이라 집에서 쓴다.

집에 있으면 그래도 글을 쓰다가 필요한 책이나 자료가 있으면 찾기가 수월하다. 그리고 글감이 잘 떠오르지 않을 때 휴식을 취하면 다시 글감이 떠오른다.

4) 마무리를 짓자

글을 쓰다 보면 어떻게 써야 할지 막막하고 생각이 잘 떠오르지 않는다. 그럴 때면 포기하고 싶거나 중도에 멈추고 싶은 생각이 많이 든다. 나 같은 경우에도 그럴 때가 있었다.

그럴 때면 일단 산책하러 나가거나 책을 펼쳐 다른 사람이 쓴 글을 읽어본다. 다른 사람이 쓴 글에 또 영감을 받아 글감이 떠오를 때가 있다. 글을 한번 쓰기 시작했으면 끝을 맺어야 한 권의 책으로 탄생한다.

말도 하다가 멈추면 '대체 무슨 말을 하려고 하는 거지.'라는 생각이 든다.

글도 마찬가지다. 어찌 되었든지 간에 쓰기 시작한 글은 끝맺음을 잘해야 한다.

나만의 방법을 공유해 보았다. 물론 이것이 정답은 아니다. 더 좋은 각자만의 방법이 있을 것이다. 방법도 중요하지만 '매일 한 줄이라도 글을 쓰는 습관을 들이는 것'이 더 중요하지 않을까. 무조건 쓰자. 한 줄이라도 좋으니. 일기라도 괜찮다.

그렇게 쓰다 보면 글이 좀 써질 것이다.

글로 옮기지 못할 인생은 없습니다

3-5.
한 사람의 역사는 한 권의 책으로
탄생할 수 있다

김지윤

"글도 사람처럼 혼자서만, 사적인 공간에서만 쓰면 성장할 수 없다. 글도 사람이랑 똑같다. 세상에 나와 부딪히고 넘어져야 글도 성장한다. 블로그에 일기를 한 장 쓰고 비밀글로 처리하면 글이 늘지 않는다."

— 〈채널예스〉 은유, 비밀글만 쓰면 글은 늘지 않는다

대학 시절 나는 교지를 편집하는 동아리에 들어가 4년 내내 1년에 한 권씩의 교지를 기획하여 원고를 청탁하고 교정과 디자인 작업을 거쳐 총 4권의 교지를 출판했다. 내 글을 쓰는 시간보다는 다른 사람의 글을 다듬고 멋진 디자인으로 탄생하게 하는 작업을 해왔지만, 나만의 이야기를 한 권의 책으로 쓰고 싶다는 소망은 해를 거듭할수록 마음속 깊이 자리 잡았다.

그로부터 30년 가까이 시간이 흘러서야 우연히 시작하게 된 전자책 공저 쓰기는 이제 전자책 출판 과정에 관한 공부와 호기심을 갖게 해 주었고, 마감에 맞춰 원고 압박 스트레스를 받는 작가의 심정을 느끼게 해 주었다.

그러던 중 내가 일하고 있는 직장(학교)에서 실시하는 파견근무 전형에 책 출판 점수가 포함된다는 것을 알게 되었다. 다른 항목에서 부족한 점수(표창장 등)를 책으로 채울 수 있다는 희망이 보였고, 일상 속 이야기보다는 교육 현장의 이야기, 교육 방법에 대한 나만의 노하우를 담은 책을 출판하는 것이 좋겠다는 생각이 들어 친하게 지내던 선배 교사님을 잘 꼬드겨 전자책 공저를 쓰기 시작했다.

매일 매일 아침부터 저녁까지 목까지 차오르도록 일하고 나서, 집으로 또 출근해야 하는 나에게 글을 쓰는 시간을 내는 것은 쉽지 않았다. 책 쓰기는 영원히 해내지 못할, 버킷리스트 속 단어 하나에 그치게 될 것 같았다. 그러나, 지난 10개월 동안 나는 기적과도 같이 10권이 넘는(2권의 개인 저서 포함) 책을 출판할 수 있었다. 마감에 허덕이며 머리를 쥐어짜는 순간들도 늘어났지만, 원고를 넘기고 나서 느끼는, 그 달콤한 자유와 황홀한 성취감 또한 쌓여 갔다.

나와 같이 일하는 엄마로서 절대적인 시간에 쫓기는 사람, 미루는 습관으로 항상 마감에 쫓기는 사람, 마음속 하고픈 말은 넘쳐나는데 막상 어떻게 엮어서 글로 표현해야 할지 난감한 사람

글로 옮기지 못할 인생은 없습니다

을 위해 나만의 글쓰기 방법을 소개하면 다음과 같다.

① 처음엔 온라인상 모임에 가입하여 전자책 공저 쓰기부터 도전해 본다

전자책 공저 쓰기가 여러 번 경험이 쌓이면 1인 전자책 쓰기에 도전해 본다. 이때 전자책 등록을 대행해 주는 출판사를 통해도 좋고, 본인이 직접 전자책 등록을 해 보는 과정을 실제로 밟아보면 좋다. 이때, ISBN을 받는 것이 자기 경력이나 언제 쓰일지 모르는 중요한 이력으로 남을 수 있다. 전자책 출판 과정이나 전자책 편집에 관한 온라인의 길지 않은 강좌를 통해 몇 가지 팁을 얻으면 혼자서도 충분히 가능하다. 나 또한 1인 전자책 쓰기에는 도전해 보았으나, 스스로 전자책을 등록하고 출판사에 유통까지 하는 과정은 실행해 보지 못했기에 다음 해에 꼭 도전해 보고 싶다.

② 나만의 총알공책(기록공책)을 만들어 본다

아나운서 시험을 준비하는 분들에게는 자신만의 총알공책이 있다고 한다. 평소 마음에 와닿는 좋은 글귀나 책의 문장들을 노트에 기록하거나 기록 앱에 간직하면 글을 쓸 때 유용하다. 나는 보통 글의 처음에 그 글의 주제에 맞는 좋은 글귀, 시, 노래 가사들을 소개하며 시작한다. 글의 재미도 살릴 수 있고 읽는 사람들로 하여금 친근감과 호기심을 갖게 할 수 있어서다. 또한, 그렇게 현재 쓰고 있는 글의 첫 문장이 잘 생각나지 않을 때도 어울리는 글귀를 찾으면 아이디어가 떠오르기도 한다. 현재 나는 내가 속해있는 가수 팬카페에 우리가 30년 가까이 들어온, 그 가수의 노래에 얽힌 추억과 자신의 생각을 적어 공저를 같이 써 보자고 제안하고 인원을 모집하는 중이다. 이런 아이디어도 앞부분에 내 글의 주제를 위해 연관된 노래 가사를 찾는 과정에서 떠올랐다.

③ 교사라면, 교단일기를 매일 써서 인증하는 커뮤니티 사이트를 이용하면 유용하다

초등교사들의 최대 커뮤니티 사이트(인*스쿨)에는 매일 교단일기를 써서 인증하면 작은 소책자로 만들어주는 서비스가 있다. 처음에 출판 비용으로 작은 금액(약 3만 원)을 미리 지불하고 30일 중 18일의 교단일기를 인증하면 되는데, 이 미션에 참여하면서 매일 퇴근하기 직전 적어 내려간 글들을 모아 동료 교사와 한 권의 전자책으로 출판할 수 있었다. 인증을 완수하기 위해서 귀찮고 피곤한 마음이 들어도 그날그날 교실에서의 일상과 나의 단상들을 적어 내려간 것을 모아 보니 진솔한 감정과 기억을 남길 수 있었다. 교사가 아닌 직장이라도 매일 퇴근하기 직전 - 직전인 이유는 그래야 미루지 않고 다 쓰고 나서 얼른 퇴근하려 하는 습관을 가지게 될 수 있다. - 몇줄의 글이라도 써 내려간다면 그 하루의 전쟁 같은 일과를 끝내려 하는 본인에게도 위로가 되고 거뜬히 한 권의 책으로 엮어낼 수 있을 것이다.

④ 나만의 마감 시간을 정하거나 강제적인 마감 시간이 정해지도록 상황을 설정한다

20여 년 전 대학원 석사논문을 준비할 때 들은 교수님의 말씀이 생각난다. 세상을 놀라게 할 논문을 쓰겠다며 처음부터 큰 부담을 스스로 짊어지는 사람은 끝내 논문을 완성하지 못하고 포기하는 경우가 생기지만, 어떻게든 논문 마감 기한에 맞추어 양을 채우고 제출하는 것을 목표로 하는 학생이 탈락 비율이 낮다고 하셨다. 내가 세상을 놀라게 할 책을 내고, 내 능력의 최고치를 펼쳐 글을 완성하겠다고 하면 어쩌면 죽을 때까지 한 권의 책도 내지 못할 수 있을 것이다. 나도 다른 사람들과 나 자신에게 부끄럽지 않을 완벽한 글을 써야 세상에 내놓을 수 있다고 생각했지만, 결국 공저 쓰기 마감 시간에 맞추어 가까스로 원고를 써서 보내는 경우가 대부분이었다. 완벽한 때만 기다린다면 평생 도전할 수 없을 것 같았기에 나만의 마감 시간을 정하여 그 시간까지 쓰도록 스스로에게 보상을 약속하거나 의지가 약해지면 같이 책을 쓰는 분에게 마감에 대한 압박을 주십사 부탁하기도 했다. 글쓰기에서는 마감이 큰 동기유발이자 끝까지 해낼 힘이 되어 준다.

3-6.
도전은 언제나 나를 설레게 한다

황소영

세상은 우리에게 더 많은 시간을 만들어 주고 있다. 얼마 전 김경일 교수의 강의를 듣고 온 지인과 이런저런 이야기를 하다. 이 한마디에 머리가 번쩍했다.

"현재의 나이에 맞게 준비하는 것이 아니라, 현재의 시간에 맞게 준비하는 삶을 살아야 한다."

평균 수명이 길어지면서 지금의 50대는 예전의 50대가 아니라는 이야기다. 지금의 나이에 ×0.7을 하는 것이 자기 나이라는 것이다. 지금 내 나이를 기준으로 계산해 보면 나는 아직 30대 후반이다. 처음엔 쉽게 받아들여지지 않았다. 하지만 이제 갓 대학을 졸업한 딸을 보면서 예전에 내가 대학을 졸업했을 때와는 시간이 다르게 흐른다는 것이 받아들여졌다.

글로 옮기지 못할 인생은 없습니다

맞다. 나이가 마흔이라, 오십이라, 예순이라……. 이것은 진짜 핑계에 불과할 뿐이다. 우리에게는 아직 무엇인가를 꿈꾸고 시작할 시간이 있다. 구본형 선생님의 『마지막 수업』을 읽으면서 내 마음을 울렸던 문장이 있다.

"우리 모두 리얼리스트가 되자, 그러나 가슴속에는 현재 이루어질 수 없는 꿈 하나를 별처럼 품자."

혁명가 체 게바라의 말을 인용하면서 가슴의 별이 언젠가는 현실이 되기를 바라며 리얼리스트가 되어 현실 속에서 분투하는 것, 그것이 바로 인간, 젊음의 조건이라고 말씀하셨다.

나에게는 또 다른 꿈 하나가 있다. 바로 개인 저서 출판하기다. 작년부터 이리 기웃, 저리 기웃하고 있지만 아직 한 줄도 쓰지 못했다. 책 쓰기 수업을 듣고, 주제를 정하고, 목차를 정하고 딱 거기까지만 진행되었다. 남들이 책을 쓰면 읽기는 할까? 아직 개인 저서를 쓰기에는 너무 부족하지 않을까? 온갖 핑계를 대며 미루고 있다.

먹고 사는 일이 우선이다 보니, 장거리 출장이 잦은 편이다. 왕복 꼬박 두세 시간을 운전하고 하루 여섯 시간 수업을 하다 보면 하루가 어떻게 가는지 이제는 체력이 안 따라준다. 강의가 없는 날이면 각 잡고 앉아서 뭐라도 써 보려고 하면 막상 잘 써지지 않고 온갖 잡생각이 둥둥 떠다닌다. 이런 나를 붙들고 꿈을 현실로 만들기 위한 방법이 무엇일까? 생각해 본다.

① 입 밖으로 꺼내어 주변 사람들에게 말하자

작년부터 나는 개인 저서를 출판하는 것이 꿈이라고 이제 곧 나올거라고 친구들을 만나면 입버릇처럼 말하고 다녔다. '이제 다 쓴 거야? 언제 나오는데?'라고 친구들이 종종 나에게 묻는다. 그럼 나는 올해는 공저로 마무리하고 내년에 출간할 테니까 기다려 달라고 말한다.

지금은 세계적인 그룹이 된 BTS가 빌보드 차트에 첫 진입을 하고 인터뷰하던 중 BTS는 꿈이 뭡니까?라는 기자의 질문에 이렇게 대답했다.

"저희는 언젠가 HOT 100에서 1등도 해 보고, 빌보드 200, 1위도 해 보고, 그래미 어워즈도 가고 싶고, 세계적인 영향력 있는 가수가 되고 싶어요. 꿈이 너무 커서 입 밖에 꺼내기도 쉽지 않았지만, 입 밖에 나온 이상 그걸 향해서 열심히 뛰어 보도록 하겠습니다."

이제는 누가 뭐래도 명실상부한 세계적인 스타가 된 BTS는 그들이 이렇게 될 것이라고 확신했을까? 이제 그들은 그들이 말했던 것보다 훨씬 더 영향력 있는 세계적이 스타가 되었다. 그러니까 이제는 꿈을 말하라. 입 밖으로 내뱉은 그 순간부터는 내가 했던 말이 나를 끌고 갈 것이다.

글로 옮기지 못할 인생은 없습니다

② 일단 써 보자

내가 공저를 쓰면서 느꼈던 것은 말이 되든 안 되든 시간에 맞춰 글을 써서 완성하는 것이 제일 중요하다는 것이었다. 시간에 맞추어 쓰고 나면 다시 퇴고할 시간이 주어진다. 그때 다시 고치면 된다. 여러 번 퇴고의 시간을 거치다 보면 조금은 괜찮은 글이 완성될 것이다.

『노인과 바다』를 쓴 헤밍웨이는 400번 이상 퇴고를 했다고 한다. 책 쓰기 수업을 할 때 들었던 초고는 쓰레기라는 말이 이제는 조금 이해가 된다.

나의 꿈은 아직 진행 중이다. 아직은 부족한 점이 많다. 하지만 이제는 자신 있게 말할 수 있다. 쓰면 뭐라도 한 가지라도 달라진다는 것을.

3-7.
엄마라면 글을 써야 한다

정지은

아이들이 한바탕 소란을 거쳐 각자의 학교로 출발하고 나면 간단히 집 안을 정리한 후, 노트북과 책을 들고 카페로 나갔다. 글쓰기 습관을 만들기 위해서였다.

평소 글감이 떠오를 때마다 메모해 두었다가, 시간이 날 때마다 쪽글을 써두고 조금씩 손을 본다. 어떤 날은 한 줄도 못 쓴 채 그냥 파일을 닫아버릴 때도 있고, 어떤 날은 내친김에 버티고 앉아 완성해 버린다. 다 쓴 글을 블로그나 브런치 등 플랫폼에 올리고 나면 꼭 숙제를 해치운 것 같아 후련하다.

꼭 하나의 글을 완성하지 못하더라도 상관없다. 저장해 둔 글을 고치거나 다시 읽어보기만 해도 그 순간 집중하고 있는 나 자신이 좋다. 아무것도 쓰기 싫을 땐, 인스타그램에 올릴 내용들을 정리하거나 이미지를 고르는 일도 요즘 재미가 있다.

글로 옮기지 못할 인생은 없습니다

글 작업을 하던 도중, 학교에 갔던 막내가 돌아오면, 간식과 학원 가방을 챙겨주고 다시 책상 앞에 앉는다. 오전 약속이 있거나, 운동을 예약해 둔 날을 제외하면 오전 일정은 항상 똑같다.

아이들과 저녁밥을 먹고, 쌓아두었던 집안일을 마치면 식탁을 깨끗이 치우고 다시 노트북을 켠다. 아이가 숙제를 가져오면 봐주기도 하고, 그러다 집중이 안 되면 '내일 쓰자' 하며 노트북을 덮는다.

첫애를 출산하고, 약 16년을 전업맘으로 살았다. 아이들 때문이 아닌 나 자신만의 일정으로 규칙적인 생활을 해 본 지도 참으로 오래되었다. 몇 달을 이렇게 살다 보니, 문득 이러한 내 일과가 직장인들과 무엇이 다를까 하는 생각이 들었다.

나는 내 블로그와 브런치 스토리의 이름을 '글쓰기가 직장입니다'로 바꾸고 일하듯 글을 쓰고 있다.

글쓰기 습관이 어느 정도 잡힌 후부터는, 집에 식탁을 치워두고 그곳에서 글을 쓴다.

『거인의 노트』라는 책에 김익한 작가는, 집에서 글을 쓰며 쉬는 시간을 이용해 집안일을 한다고 써 놓았다. 나도 식탁에서 글을 쓰다가 막히면 더 고민하지 않고 벌떡 일어나 빨래를 개거나, 저녁에 먹을 국 하나를 뚝딱 끓인다. 집안일이 어떻게 쉬는 것이냐고 하겠지만, 해 보면 생각보다 아주 괜찮은 리프레싱이 된다. 글 쓰는 것은 마무리가 바로 되지 않을 때가 많지만, 집안일은 하고 나면 바로 표시가 나니 즉각적인 보상을 받는 기분이다. 내가 하고 싶은 일(글쓰기)과 내가 해야 할 일(살림과 육아)을 병행할 수 있으니 자기효능감도 올라간다.

카페로 나가 있을 때면 남은 커피가 아쉬워서 하교하는 아이를 곧바로 학원으로 보내곤 했는데, 집에서 글 작업이나 집안일로 휴식을 취하다가 아이가 오면 웃는 얼굴로 맞이할 수 있다.

하릴없이 오전 시간을 보내다가 아이가 올 시간이 되면, '시간이 벌써 이렇게 흘렀던가?' 하며 아쉬워하던 날들을 생각해 보면, 의미 있게 꽉꽉 채운 오전 시간이 충만한 느낌을 주기에 아이에게 좀 더 너그러운 엄마가 된다.

아이와 가사만 돌보면 되는 전업맘들은 주도적으로 일상을 꾸려나갈 것 같지만, 막상 그렇지만도 않다. 엄마, 아내, 딸, 며느리, 가족의 일원으로 역할에 맞게 수행해야 하는 일들은 회사에서의 업무처럼 기한이 있는 것도, 분량이 정해진 것도 아니다. 하기 싫다고 어느 날 갑자기 손 털고 퇴근할 수 있는 것도 아닐 뿐만 아니라 예고 없이 불쑥 튀어나와 나의 시간을 빼앗기도 한다.

특히 아이가 성장하면 할수록 아이의 일정이 곧 엄마의 일정이 되는 수동적인 삶이 펼쳐진다. 그날 해야 할 일들을 마치 방어전을 치르듯 해치우다 보면, 어제가 오늘 같고, 내일도 오늘과 별반 다르지 않다. 날이 갈수록 일주일이 어떻게 지나가는지 모르겠고, 한 달, 일 년도 눈 깜짝할 새인데, 그러다 보면 연말쯤

글로 옮기지 못할 인생은 없습니다

되어 지난 시간 동안 대체 무엇을 하며 살았는지 떠올리려 해도 도통 생각나지 않는다.

글을 쓰기 시작한 날부터, 글감을 놓치지 않기 위해 하루 종일 주변의 일어나는 일들에 관심을 기울이기 시작했다. 아이들의 이야기에 좀 더 귀를 기울이게 되고, 동네 사람들의 이야기도 그 자세한 내용이 궁금해질 때가 많다. 나를 둘러싼 일들에 의미를 부여하기 시작하니 소중하지 않은 순간이 없고, 중요하지 않은 사람이 없다. 이러한 이유로 나는 엄마들에게 글쓰기를 권하는 사람이 되었다.

살면서 어떤 형태로든 쓰는 행위를 분명 하고 있음에도, "글을 써 보라."고 하면 대부분 손사래를 친다. 그런 것(?)은 특별한 재능이 있어야만 한다고 말한다.

그럴 때마다 나는 일기 쓰기를 추천한다. 그것도 단 세 줄만 쓰는 일기다. 첫 줄에는 그날 무슨 일이 있었는지(사실)에 대해 쓰고, 두 번째 줄에는 그 일로 인해 내가 느낀 바(감정)를 적는다. 그리고 마지막 줄에는 그 감정을 어떻게 바꿀 것인지(액션플랜)을 적는다.

예를 들면,

1. 오늘 날씨가 추운데 아이가 두꺼운 재킷을 입지 않겠다고 고집을 피우다가, 내가 우겨서 결국 화를 내며 입고 갔다(사실).

2. 감기에 걸릴까 봐 본인을 위해 한 잔소리인데도, 엄마에게 성
   질을 내니 억울하고 화가 났다(느낌).
3. 아이가 돌아오면 그보다 얇은 재킷을 겹쳐 입는 방법을 타협
   해 봐야겠다(액션플랜).

육아는 감정 소모가 무엇보다 큰일이라 이렇게 세줄 일기를
써놓고 보면, 빨리 상황 정리가 되고 감정도 쉽게 전환된다. 하
루 종일 아이와 씨름하며 느낀 스트레스에 잠식당하지 않을 수
있다.

나는 엄마들이 글을 쓰며 육아를 하길 바란다. 경단녀라면 일
처럼 글을 써 보길 추천한다. 내가 글쓰기를 통해 희미한 일상에
윤곽을 더하고, 자기효능감을 높혀갈 수 있었던 것처럼 그들도
글을 쓰며 내면의 여유를 찾고, 엄마 이후의 삶에는 무엇이 있는
지 발견할 수 있기를 희망한다.

글로 옮기지 못할 인생은 없습니다

무조건 앉았습니다

한미숙

글을 쓰기 시작한 지 2년이 지났다. 아직도 글쓰기는 초보다. 글을 쓰려면 무얼 써야 할지 몰라 헤맬 때가 많다. 그래도 나는 매일 쓴다.

나에게는 글을 쓰는 몇 가지 방법이 있다. 글을 쓰기 위해 찾아낸 나만의 방법이다.

첫째, 무조건 앉는다. 가족 저녁 식사 정리 후 아이를 픽업하러 가기 전까지 무조건 컴퓨터 앞에 앉는다. 어떤 날은 낮에 글을 쓸 소재를 미리 찾은 날도 있지만 그렇지 않은 날도 있다. 게다가 요즘처럼 바쁜 날은 소재가 잘 떠오르지도 찾아지지도 않는다. 그래도 우선 무조건 책상에 앉는다. 신랑이 가끔은 혼자서 매일 컴퓨터랑만 논다고 투덜거리기도 하지만 그래도 앉는다.

둘째, 매일 글을 쓰겠다고 모두에게 선언한다. 주변 가족에게 해도 되고 나 혼자 약속을 만들어 지켜도 된다. 그러나 혼자와의 약속은 지키기 어렵다. 가족에게 선언하는 것도 좋지만, 가족이기에 깨기 쉽다. 글쓰기 루틴이 생기기 전까지는 누군가와 함께 시작하면서 루틴을 만드는 게 좋다. 루틴이 생기면 혼자만의 약속을 지키기 쉬워진다. 나처럼 블로그에 쓰겠다고 공포해도 된다. 물론 약속을 지키지 않는다고 '너 왜 지키지 않아?'라고 하는 이웃은 없다. 그러나 왠지 꼭 써야 할 것 같은 느낌이 든다. 이런 방법을 심리학에서는 '가두리 요법'이라고 한다. 무언가를 꼭 이루고 싶다면 한 번쯤 사용해도 좋은 방법이다.

세 번째 방법은 처음 100일 글쓰기 미션을 하면서 썼던 방법이다. 요즘도 가끔 사용한다. 글쓰기 미션 시작과 동시에 일정이 많아져서 바빴다. 아침부터 밤까지 일정이 꽉 찬 날들의 연속이었다. 각자 자신이 글이 잘 써지는 시간과 장소가 있다. 누군가는 카페에서 들리는 소음과 함께, 누군가는 새벽에 일어나서 글을 쓰면 잘 써진다고 한다. 나는 밤에 책상에 앉아서 써야만 글이 잘 써졌다. 그런데 책상에 앉을 시간이 없었다. 일정 마무리 후 책상에 앉는 시간은 거의 11시 이후였기에 글을 쓸 시간이 부족했다. 대부분 그렇지만 글쓰기 모임의 미션은 자정까지 완수해야 했다. 능숙하게 글이 술술 풀리는 실력의 소유자가 아니기에 그 당시에 글을 쓰려면 최소 1시간 이상 걸렸다. 미션을 완수하려면 최소 10시에는 앉아야 했지만 일을 마치고 집에 돌아오면 그 시간이 이미 지났다. 내가 선택한 방법은 시간 여유가 있는 날 미리 썼다. 주제를 받기도 했지만 자유 주제로 써도 됐기

　글로 옮기지 못할 인생은 없습니다

에 바쁜 날은 미리 마음대로 주제를 정해 써놓았다. 미션을 꼭 지키고 싶은 마음이 간절했기 때문이다. 전날 미리 써 놓은 글을 밤에 돌아와 블로그에 12시 전에 올렸다. 내가 좋아하는 김종원 작가는 매일 50장씩 원고지에 글을 쓴다고 한다. 50장의 원고를 쓰지는 못해도 매일 쓰려고 최소한의 노력으로 루틴을 먼저 만들었다.

루틴은 만들었지만, 글을 쓴다는 것은 어렵다. 글감을 찾는 일은 쉽지 않다. 네 번째로 글감을 찾는 나의 방법은 먼저 나의 하루 일정을 되돌아보는 시간을 갖는다. 운이 좋게 쓸거리가 찾아지면 다행이다. 그렇지 않으면 그때부터는 모니터를 노려보기도 한다. 나 혼자와의 약속이지만 1,000일 동안 매일 글을 쓰겠다고 블로그에 올려놓았기 때문이다. 어찌 되었든 나는 써야만 했다. 나와의 약속을 내가 먼저 깨고 싶지 않았다.

글감이 찾아지지 않으면 뉴스를 기웃거리기 시작한다. TV를 거의 보지 않는 편이라 뉴스도 이렇게 작정하고 보지 않으면 잘 모른다. 최근의 이슈를 보면서 나의 이야기와 연관 지어 글을 쓸 거리가 있는지 생각한다. 이 단계에서 찾아지면 조금 낫다. 하지만 글쓰기가 어디 그렇게 쉬운 일인가?

다음으로 시작하는 것은 책상 주변에 있는 책들을 뒤척이거나 내가 적어 놓은 독서 노트를 열어 보는 일이다. 내 생각을 적어 놓거나 책을 요약해 놓은 독서 노트들은 가끔 나의 글감으로 등장해서 짧은 한 편의 글로 변할 때가 있다.

이 방법으로도 안 되면 핸드폰을 연다. 페이스북이나 인스타 그램에 친구들이 올려놓은 사진이나 글을 보면서 공감하는 의견 이나 반대 의견을 글로 적기도 한다.

다양한 방법을 시도하지만, 아직도 글쓰기는 어렵다. 그럼에 도 불구하고 글을 쓰기 위해 내가 가장 먼저 하는 일은 '무조건 앉기'다. 앉지 않으면 쓸 수가 없으니까.

글쓰기 레시피는 어디에 있을까

양지욱

#1

강창래의 에세이 『오늘은 좀 매울지도 몰라』를 원작으로 만든 왓챠 오리지널 드라마 요약본을 유튜브에서 보았다. 26분 동안 보여준 드라마에 나도 모르게 빠져들었다. 암에 걸려 점점 음식을 먹을 수 없는 상태가 되어가는 다정을 챙기기 위해 남편 창욱이 집으로 돌아온다. 그는 살면서 한 번도 요리해 보지 않았지만, 오직 아내의 소중한 한 끼를 위해 특별한 레시피를 연구 개발하기 시작한다. 그리고 만든 요리를 블로그에 포스팅한다.

〈줄리&줄리아〉는 50여 년의 세월을 뛰어넘은 두 여성 요리사의 열정과 성공 이야기를 그린 영화다. 실존 인물 줄리아 차일드가 쓴 요리책 『Mastering the Art of French Cooking』과 그 책에 소개된 레시피를 따라 요리하여 블로그에 올린 줄리 파월의 책 『Julie&Julia: 365 Days, 524 Recipes, 1 Tiny Apartment

Kitchen』이 원작이다.

〈오늘은 좀 매울지도 몰라〉 드라마와 〈쥴리&쥴리아〉 영화는 공통점이 있다. 원작인 책의 내용을 모티프로 하여, 다른 장르로 각색되었고, 마지막으로 요리를 글감으로 글 쓰는 이야기가 전개되었다는 점이다.

〈쥴리&쥴리아〉 영화는 2009년에 제작되었고, 강청래의 음식 에세이는 2018년에 출판되었다. 뭔가 감이 오지 않는가? 피카소는 "좋은 예술가는 베끼고, 훌륭한 예술가는 훔친다."라고 말했다. 이 드라마와 영화를 만든 감독은 훌륭한 예술가다. 나는 주로 명사들의 문장을 베낀다. 그림, 사진, 대사도 많이 이용한다. 거인들의 어깨에 기대고 있다. 훌륭한 예술가가 되기 위하여 날마다 2시간 이상 글을 쓴다.

14일 동안 6페이지 원고를 써야 했다. 무엇(What)을 써야 하는지 이미 정해졌다.

첫째, 글을 왜 쓰는가?
둘째, 글을 쓰고 나서 달라진 점은?
셋째, 내가 알고 있는 글쓰기 방법은?이다.

그런데 글쓰기를 시작할 수가 없다. 책 몇 권을 골라 새벽에 일어나 읽고 또 읽었다. 그래도 시동이 걸리지 않는다. 유튜브, 드라마, 뉴스를 시청하면서 이것저것 기웃거린다. 그러다 어느 순간 전율이 올 때가 있다. 어제처럼 말이다. 〈오늘은 좀 매울지도 몰라〉라는 드라마를 보다가 '저 내용으로 시작하면 좋을 것 같은데.'하는 느낌이 바로 왔다. 재작년에 넷플릭스에서 보았던 영화 〈쥴리&쥴리아〉도 머리에 바로 떠올랐다. 박현희 선생님이

오늘부터 나를 돌보기로 했습니다〉에 이 영화를 언급하면서 매일 요리하고 매일 글을 쓴 영화 주인공처럼 자신은 매일 마라톤을 하고 글을 썼다는 내용도 떠올랐다. 그렇다면 이제 이 세 작품을 어떻게 연결할 수 있을까? 문장 연습 노트에 문장들을 생각나는 대로 적기 시작했다. 자료도 찾기 시작한다. 그래서 요리를 소재로 짧은 글을 쓸 수 있었다.

한 편의 글쓰기는 손님을 집에 초대하여 정성스럽게 대접하는 요리다. 주인은 자기 집에 아무 사람이나 초대하지 않는다. 그가 초대하고 싶은 사람은 가장 좋아하는 사람이다. 그러기에 어느 때보다도 신경 써서 어떤 음식을 만들어 대접할지 고민한다. 손님에 대하여 잘 알고 있는 사람이라면 그 사람이 평소에 좋아하는 음식을 선택한다.

요리를 정한 후 장을 보러 간다. 마트에서 재료 하나하나를 눈으로 보고, 코로 냄새를 맡아보고, 손으로 만지기도 하면서 싱싱한 요리 재료를 선택하여 산다. 집에 돌아와서 사 온 재료를 하나하나 다듬어서 씻고 요리할 준비를 마친다. 어떻게 하면 이 재료로 맛있게 요리할 수 있을까 즐겁게 탐색한다. 불을 피우고 음식을 만들기 시작한다. 재료에 따라 언제 넣을지 확인하고 간을

보며 시간을 맞춘다. 물과 불을 조절하면서 조리대를 잠시도 떠날 수 없다. 요리가 완성되면 이제 그릇에 담아야 한다. 요리 종류에 따라 그릇도 달라져야 한다. 고른 그릇에 어떻게 담아낼지 고민한다. 준비한 음식이 최대로 돋보이도록 식탁 세팅까지 최선을 다한다.

이렇게 한 편의 글쓰기는 독자를 향한 요리다. 지금까지 한 번이라도 손님을 맞이할 때 요리하는 마음을 담아 글을 쓴 적이 있었던가? 나에게 물어본다. 부끄럽지만 전혀 없다. 손님의 음식 취향은 생각하지 않고 내가 좋아하는 요리만 만들어 대접했다. 당연히 손님의 입맛에 맞지 않을 수밖에.

〈오늘은 좀 매울지도 몰라〉의 남편 창욱은 집에 들어온 후 처음에는 아픈 아내 다정의 음식 취향을 몰라 입맛에 맞지 않는 요리를 시작한다. 쉬지 않고 끊임없이 다정을 위한 요리를 연구하고 개발하여 결국 아내의 입맛을 사로잡는 음식을 만들었다.

이젠 나도 '어떻게 하면 독자의 입맛에 맞는 글쓰기를 할 수 있을까'를 생각한다. 글쓰기 레시피가 만들어질 때까지 계속 쓰고, 또 고쳐 쓴다.

#2

내 MBTI는 INFP다. 내향형, 직관적, 감정형, 인식형. INFP

가 말하는 INFP는 '생각을 많이 함, 풋풋한 문학소녀 같음, 낯을 가림, 내면의 분노를 해소하기 위해 글을 씀, 슬픈 영화 보면 3일 동안은 후유증에 시달림, 이상적인 세계를 꿈꾸고 감정에 예민한 성격. 취미 생활은 전부 혼자서 하는 사람. 논리적, 계획성이 부족하다.'는 특징이 있다. 글을 쓸 때 이 성격이 반영된다.

어떻게 쓸지 생각이 잘 떠오르지 않을 때 시를 찾아 읽는다. 시를 읽다 보면 어느 순간 가슴에 훅하고 들어오는 단어나 문장이 있다. 그것을 노트에 옮겨 적는다. 어떤 날은 노래 가사를 찾아서 문장을 데려온다. 찾아낸 문장을 노트에 -한 줄에는 하나씩만-계속 쓰고 내려간다. 그 글을 처음부터 끝까지 읽어본다. 내용이 부족하면 구글링하며 찾기도 한다. 읽다 보면 떠오르는 문장이 있다. 단어와 단어 사이, 문장과 문장 사이를 내 언어로 채운다. 문장을 내용에 따라 처음으로, 중간에 보내기도 한다. 그러다 어느 문장은 끝내 선택받지 못하고 사라진다. 그렇게 글 한 편이 완성된다.

글을 쓰고 있는 이 순간도 나는 이 글을 왜 쓰는가? 생각한다. 마지막으로 삶의 무기가 되는 글쓰기 방법을 독자에게 알려 주어야 한다는 숙제가 남았다.

글쓰기가 취미다. 글을 쓰면서 나를 사랑하게 되었다. 나를 사랑하게 되면서 날마다 강해졌다. 나에게 어떤 문제가 닥쳐도 두렵지 않다. 문제가 생기면 글쓰기를 시작한다. 일단 글쓰기를 시작하자. 글 쓰는 삶 자체가 삶의 무기다.

3-10.
나는 요리하듯이 글을 쓴다

장혜숙

요리에 관심이 많은 나는 텔레비전에서 〈최고의 요리〉라는 프로와 요리 관련 유튜브를 찾아서 본다. 요리와 글쓰기는 맥락이 비슷하다. 재료가 다양하고 양념이 잘 버무려져야 더 맛있고 멋진 결과물을 만들어 낼 수 있다. 기본재료에 양념을 어떻게 하느냐에 따라 맛이 달라진다. 글쓰기도 자신만의 독특한 비법을 개발해서 맛깔스럽게 꾸미는 것이다. 그러니 요리를 하듯이 가볍고 재미있게 글쓰기를 시작해 보자.

나만의 음식 레시피처럼 나만의 글쓰기 방법을 소개해 본다.

① 온몸으로 듣고 지식을 넓히자

떡볶이를 만들려면 가래떡과 어묵이 기본재료로 필요하고, 김치찌개를 만들려면 김치와 돼지고기가 필요하다. 마찬가지로 자

글로 옮기지 못할 인생은 없습니다

신만의 독특한 글쓰기를 하려면 다양한 자료와 정보를 탐색하여 지식을 확보해야 한다. 자료나 정보를 확보하는 방법은 책을 읽거나 좋은 강연을 듣거나 다양한 문화생활 등을 통해 얻을 수 있다. 그중에 가장 좋은 방법은 듣는 것이다. 들어도 무심하게 듣는 것이 아니라 이해인 수녀님의 '듣기'라는 시처럼 귀로 듣고 몸으로 듣고 마음으로 들어야 한다. 며칠 전 길을 가는데 뒤에서 외국인이 영어로 말하는 소리가 들렸다. 돌아보니 두세 살 정도 되어 보이는 어린아이를 유모차에 태우고 가면서 아빠가 아이의 뒤통수에 대고 끊임없이 다정하게 말을 건네고 있었다. 그 아이는 알아듣지는 못해도 듣는 것을 반복하다 보면 말을 익히게 될 것이고, 사물의 이치를 깨닫게 될 것이다. 이렇게 듣기를 통해 지식을 넓히면 요리의 달인처럼 능수능란한 표현으로 설득력 있는 글을 쓸 수 있다.

② 세밀하게 관찰하자

르네상스 시대의 천재 화가 레오나르도 다 빈치는 사생아로 태어나 어린 시절 어머니와 헤어지고 아버지와 함께 살았다. 레오나르도 다 빈치는 자연을 세밀하게 관찰하면서 고독감과 외로움을 달랬다. 관찰은 그저 무심하게 바라보는 것이 아니다. 아주 철두철미하게 보는 것이다. 레오나르도 다 빈치는 가을에 잎이 떨어지는 현상을 관찰했는데 낙엽이 수직으로 떨어지는 것이 아니라 지그재그로 진자운동을 일으키면서 떨어진다는 사실을 발견했다. 그리고 진자운동의 원리를 적용하여 낙하산을 처음으로 발명했다. 이렇게 자세하게 관찰하면 숙성된 음식이 깊은 맛을 내듯, 깊은 울림이 있는 글을 쓸 수 있다.

③ 다양한 경험을 하자

나의 아버지는 탁월한 이야기꾼이시다. 6.25 참전용사이신 아버지는 앉으나 서나 전쟁 이야기를 고장 난 녹음기처럼 끊임없이 반복하신다. 올해 93세이신 아버지는 수십 년이 지난 전쟁 이야기를 어제 일처럼 그림을 그리듯이 생생하게 들려주신다. 전쟁에서의 트라우마가 크고 장기간 직접 경험하신 일이라서 시간적, 공간적인 상황까지도 면밀하게 기억하고 계신 듯하다. 이렇게 직접적인 경험을 매번 하기는 어렵다. 직접 경험이 아닌 간접 경험도 괜찮다. 그래서 나는 책을 꼼꼼하게 살펴보거나 텔레비전의 다큐멘터리 프로그램과 '생활의 달인' 또는 '세계테마기행' 같은 현실적이고 현장감 있는 프로그램을 자주 시청한다. 그것을 보면서 가끔 감동적인 장면에 눈시울이 뜨거워질 때가 있다. 이렇게 직, 간접적인 경험을 다양하게 접하게 되면 마늘이나 고추장 맛처럼 강렬하고 오래 기억에 남는 글을 쓸 수 있다.

④ 모방을 통해 새롭게 거듭나자

요즘은 자신만의 패션 연출도 1인 경쟁력이 되는 시대다. 나는 패션에 관심이 많아서 유튜브를 통해 메이크업하는 방법이나 헤어연출, 패션 코디 같은 영상을 가끔 찾아본다. 그리고 뽀샤시하게 볼 터치도 해 보고 이렇게 저렇게 머리도 연출해 본다. 그리고 새로운 음식을 먹을 때면 집에 돌아와서 비슷하게 만들어 본다. 이렇게 모방하다 보니 언제인지 모르게 패션 감각도 음식솜씨도 일취월장해 있는 자신을 발견하게 되었다. 글쓰기도 마찬가지로 자신의 취향에 맞는 작가를 롤모델로 정해서 문구를 필사해 보거나 읽다 보면 그 작가만의 개성이 넘치는 문체를 파악할 수 있다. 그것을 바탕으로 자신만의 고유한 취향을 담아 글쓰기를 하다 보면 다채로운 고명을 얹은 것처럼 맛깔스럽고 개성 있는 글을 쓸 수 있게 된다.

위의 4가지 방법을 살펴보고 꾸준히 글을 쓴다면 어렵지 않게 글쓰기를 시작할 수 있다. 우연히 블로그를 시작하게 되면서 글쓰기에 재미를 붙이게 되었고 용기를 내서 처음으로 공저에 참여하게 되었다. 시작이 반이라는 말이 있듯이 무조건 시작해 보자. 짧은 시간이라도 자주 글쓰기를 하다 보면 자신감이 붙을 것이다. 지난 시간은 되돌릴 수 없고, 삶의 남은 시간은 점점 줄어가고 있으니 아낌없이 자신의 달란트를 펼쳐 보기를 바란다.

3-11.
50대 후반, 글쓰기는 어떻게
삶의 무기가 되는가

조은애

① 자기의 표현과 정리

글을 통해 우리는 내면의 감정, 생각, 경험을 표현할 수 있다. 자신을 더 잘 이해하고 정리할 수 있다. 글을 통해 나의 노후에 할 수 있는 일들이 생겨서 감사하다. 훈련을 통해 나의 맑은 목소리를 찾아간다. 글을 소리 내 읽어 본다. 소리 내 읽으면 내 것이 된다. 내 마음에 새기고 머릿속에 저장한다. 다 기억은 나지 않지만, 그냥 흘려보내는 것은 자유롭게 흘려보내고 있다.

책을 소리를 내서 읽으면 목소리가 맑아짐을 느낀다. 발음이 똑똑해진다. 나를 성장시키는 또 하나의 방법이다.

책을 읽다 보면 그 세계로 빠져든다. 그 속에 주인공과 하나가 되고 나는 새로운 것을 경험하게 된다. 책은 참으로 신기한 것 같다. 읽으면 읽을수록 마약처럼 빠져든다. 책에 재미를 붙이면 책은 나에게로 와서 친구가 된다. 화장실을 가든 여행을 가든 옆구리에 책 한 권은 꼭 끼고 다닌다. 책이 없으면 심심하다. 책을 읽으면서 낭독을 한다. 낭독 속에서 상상의 나래를 편다. 책 속의 경험들은 간접 체험이 되어 나를 풍요롭게 만든다.

② 인간관계와 소통

글은 사람들과의 소통 수단으로 사용될 수 있다. 편지, 이메일, 소셜 미디어, 블로그 등을 통해 우리는 다른 사람들과 이야기를 나눌 수 있다. 글을 통해 다른 사람들과 감정을 공유하고 이해할 수 있다. 남편에게 글을 쓰자고 이야기했다. 30년 동안 국어 선생님이었던 남편은 글쓰기를 싫어했다. 설득하고 설득해서 블로그를 개설해 주었다. 처음에는 하지 않겠다고 했지만, 글을 써 놓은 것을 보니 감탄이 절로 나왔다.

반강제로라도 글을 쓰자고 하니 숨은 재능이 나오기 시작한 것이다. 남편과의 소통도 SNS로 연결이 된다. 남편도 블로그를 쓰게 만들어주었다는 것이 잘한 것 같다. 이제는 페이스북도 하고 인스타그램도 하는 남편이 되었다. 남편은 나의 SNS 친구가 되었다. 가족, 친구들과 자유롭게 교류해 나갈 수 있다.

③ 지식과 영감의 공유

글은 지식과 영감을 전달하는 매체이다. 글쓰기를 통해 우리는 배운 것을 정리하고 공유할 수 있다. 나는 나의 미용실 경험과 피부관리실 경험, 커트 학원을 했을 때의 경험을 책으로 쓰고자 한다. 매일 쓰는 습관이 중요하다. 맘만 먹고 있다가 세월만 가고 있다. 결단이 필요한 시기가 되었다. 독서나 연구를 통해 얻은 지식을 글로 정리할 수 있다. 다른 사람들과 공유한다는 것은 새로운 장을 열어 주는 매개체다. 사람을 만나면 그 사람의 재능이 보인다. 그 사람들은 문학세계를 경험하지 않았기 때문에 잘 모르고 있다. 나는 그런 사람들을 깨어나게 하고 싶은 소망이 있다. 우리는 지식의 바다에 참여할 수도 있고 이바지할 수 있다.

④ 창작과 예술

글은 창작과 예술의 수단이 될 수 있다. 소설, 시, 등을 통해 나는 상상력을 발휘하고 아름다운 이야기를 만들어낼 수 있다. 사진과 글을 통해 표현을 할 수 있다. 자신의 창작을 세상과 공유할 수 있다. 돌아다니면서 많은 사람과 얘기를 나누고 있다. 좋은 시간 속에 많은 얘기가 오고 간다. 그 사람들은 저마다의 이야기하고 있다. 그런 좋은 소재들을 글로 쓰면 얼마나 좋을까? 또한 다독을 하고 있다. 이런저런 경험을 직접 다 할 수는 없다. 다른 사람이 경험했던 일들을 책 속에서 만날 수 있다. 선조들의 훌륭한 경험이 내 것이 된다.

글은 삶의 무기가 될 수 있는 이유는 무궁무진한 것 같다. 글을 통해 새로운 자신을 발견하고 있다. 우리의 시간은 유한하다.

글로 옮기지 못할 인생은 없습니다

그 속에서 다른 사람들과 소통하며 지식을 공유할 수 있는 일은 행복한 것이다. 유튜브를 하고 새로운 책을 쓰는 일은 여러 가치를 누릴 수 있는 계기가 된다. 글쓰기는 우리의 삶을 더욱 풍요롭고 의미 있게 만들어주는 도구다. 나는 글쓰기를 하면서 삶이 더 풍요로워짐을 느꼈다. 그렇게 인생 후반, 50대에 맞이한 글쓰기는 나의 무기가 되었다.

3-12.
보이지 않는 삶의 무기를 챙기는 방법

박진선

삶의 무기는 일종의 비유적인 표현으로, 어려움을 극복하고 성공적인 삶을 살아가는 데 도움이 되는 자질, 기술, 자원 또는 태도를 의미한다. 이는 일상적인 상황에서도 적용될 수 있으며, 개인이나 조직의 강점이나 장점을 가리키기도 한다. 각인된 개인의 경험, 지식, 능력, 자기통제, 창의성, 인내력, 긍정적인 사고방식, 목표 설정 등 다양한 요소로 이루어질 수 있다.

이러한 삶의 무기를 효과적으로 활용하면 어려운 상황에서도 도전에 맞서고 성공적인 결과를 끌어낼 수 있다. 하지만 삶의 무기는 개인마다 다를 수 있으며, 각자의 성격, 지향점, 가치관에 따라 다양한 형태를 가진다. 따라서 개인이 자기 삶의 무기를 발견하고 키워나가는 것은 중요한 과정이며, 이를 통해 더 나은 삶을 살아갈 수 있다.

글로 옮기지 못할 인생은 없습니다

글쓰기에도 힘이 있다. 글쓰기를 통해 내면의 나를 살펴볼 수 있었고, 나를 이전보다 잘 알게 되는 기회가 되었다.

매일 쓰던 글쓰기에서 글을 쓰는 습관과 함께 또 다른 습관을 마주했다. 감사일기 쓰기를 통해 마음가짐이 달라짐을 몸소 느꼈다. 몇 개월 동안에 블로그에 글을 적어주며 - 거짓된 광고 글은 아니었다. - 수입이 발생했고, 작은 손 편지로 내 진심을 전달할 수도 있었다.

이제는 서른이 된 십수 년 전 제자가 며칠 전 찾아왔다. 연차를 내고 찾아와 이제는 어른 대 어른으로 이야기를 나누었다. 때때마다 자기들에게 각기 다른 내용으로 단 몇 줄이지만 진심 가득 적어줬던 메모들이 정말 힘이 되고 고마웠다는 이야기를 했다. 이제 어른이 된 그들에게 꽤나 큰 추억거리가 된다고 하니 참 뿌듯한 마음이 들었다. 내 글에 힘이 있었다니. 힘이 되었다니 어깨에 이제야 뒤늦게 힘이 들어간다.

힘든 마음, 속상한 마음을 털어놓을 곳이 필요해 글을 쓰기도 했다. 대나무 숲 같은 일기장이기도 했다. 아마 다 담아뒀더라면 내 마음은 곪아 터져버렸을지도 모른다. 너무 기쁘고 행복한 일들이라 혹시라도 잊을까 겁이 나서 최대한 생생하고 자세히 기록해 둔 일지이기도 했다.

아이를 낳고 엄마가 되어서는 오로지 아이의 먹고 자고 싸는 기록을 위한 기록지와 결혼과 동시에 많아진 역할들에 맞춰 소화할 일정들을 적은 투두 리스트(To do list). 그리고 요즘은 내 삶을 내가 살아가기 위해 매일의 나를 마주하기 위해 글을 쓴다. 〈매일〉 쓰기가 어려울 때는 작가님의 방법을 살짝 베껴다가 사용하기도 한다.

메모할 수 있는 작은 크기의 공책은 가방마다 두고 차에도 둔다. 책에도 접착식 메모지를 꽂아둔다. 뭐든 생각나면 적는다. 나 매일 적었다. 기록했고 글을 썼다는 자기 위로와 같은 처방이다. 맘에 드는 볼펜도 여기저기 항상 손 닿는 곳에 둔다. 전에는 아껴서 필통에 들고 다니는 편이었으나 지금은 한 번에 여러 개를 사서 공책과 함께 여기저기 둔다.

막내가 사진 찍기를 좋아한다. 첫째 아이도 사진 찍기를 좋아하지만 첫째와 둘째는 한창 사춘기인 나이라 감성 가득한 사진을 찍는 날만 가득 찍는다. 막내는 아직 유치원생이라 그런지 눈에 담는 그대로 카메라에 담는다. 어떤 날은 그림 같은 사진을, 어떤 날은 사진 같은 그림을 건네준다. 그럼 난 그림일기를 쓰듯이 그 그림 혹은 사진에 맞춰 글을 써 내려간다.

글쓰기 덕분에 20년 넘게 하던 일을 과감히 그만뒀다. 공식적으론 육아(育兒) 휴직이었으나 육아(育我) 휴직이 되어버렸다. 과감할 것도 없었다. 글쓰기로 나를 마주했고, 찬찬히 순서대로 행하니 그러했다. 적지 않은 수입이었는데 타격감도 없다. 나 그동안 뭐 한 거였지? 싶었다가 다시 뒤집어서 생각하기로 했다. 이또한 글쓰기의 힘이라고. 그만두고 대신 하는 일들에 꼭 글쓰기

글로 옮기지 못할 인생은 없습니다

가 들어간다. 강의를 들어도 그 주제가 무엇이어도 - 얼마 전 영상 촬영 증강현실에 관한 강의에서도 결론은 글쓰기와 독서의 중요성이었다. 책을 읽고 생각의 영역을 넓혀 글을 써야 한다는 결론을 내렸다. - 결론은 글쓰기가 답이다.

내게 주어지는 몫이 있으면 글쓰기이다. 구성원 모두 해야 하는 것이면 글쓰기도 꼭 들어간다. 그래서 생소한 일들을 마주했으나 낯설지만은 않다.

어쨌든 매일 글을 어떤 식으로든 쓰고 있고 요즘은 라디오 원고를 거의 정해진 틀에 맞춰 반복해 쓰고 있다.

그 밖에도 많은 사람들이 하고 있을 모닝 페이지(나는 나만의 방식을 사용한다. 간단하게 아침에 일어나 잠결에 노트에 되는대로 무의식중에 끄적거리며 쓰는 정도다.), 독서 기록, 필사하기, 카페 도움 댓글 3개 달아주기, 부모님과 아이들에게 아침 인사 카카오톡 보내기로 매일매일의 끄적임에 충실히 임하고 있다.

3-13.
글을 좀 더 수월하게 쓰는 방법

황상열

　　　　2015년 9월에 썼던 글이다. 개인적으로 좋아하고 닮고 싶은 일본의 자기 계발 작가 사이토 다카시의 『혼자 있는 시간의 힘』을 읽고 쓴 리뷰이다. 글을 보면 알겠지만 참 형식도 내용도 없다. 투박하다 못해 어디 보여주기가 부끄러울 정도다. 2015년 초부터 본격적으로 결심하고 글을 썼지만 5줄 이상 쓰지 못했다. 그 이상으로 쓰고 싶어도 어떻게 해야 할 줄 몰랐다.

　그동안 〈닥치고 글쓰기〉나 블로그 등에서 글쓰기 방법에 대해 많이 언급했다. 오늘은 그 글쓰기 방법도 일부 포함하면서 실제로 내가 사용했던 글쓰기 비법에 대해 한번 이야기해 보고자 한다.

글로 옮기지 못할 인생은 없습니다

① 1시간 안에 내가 쓸 수 있는 분량을 파악한다

처음 글을 쓸 때 내가 1시간 내 얼마나 쓸 수 있는지 궁금했다. 타이머를 재고 어떤 글감을 찾아 쓰기 시작했다. 한 시간이 지나고 내가 쓴 글을 보았다. 여전히 5줄이다. 생각하면서 쓰다가 지우길 반복했다. 이렇게 쓰는 게 맞는지 궁금했다. 아무래도 다시쓴다 해도 5줄 이상 쓰는 것은 불가능했다.

② 1~2주일 정도 내가 파악한 분량만 쓴다

계속 스트레스 받는 것이 싫어서 일주일 정도 5줄만 쓰기로 결심했다. 책을 읽고 리뷰를 쓴다거나 어떤 글감을 찾아내 생각을 정리하는 것도 딱 5줄만 썼다. 처음에는 1시간 걸리더니 시간이 줄어들기 시작했다. 일주일이 지나자 20분 안에 5줄을 쓸 수 있었다.

③ 1시간 나 자신의 분량을 쓰게 되면 매일 한 줄씩 더 쓰기 시작한다

20분 내 5줄을 쓰게 되자 1시간 안에 15줄을 쓸 수 있는 계산이나왔다. 그러나 처음부터 10줄을 더 쓸 수 있는 것은 아니었다. 그날부터 매일 한 줄씩 더 쓰기로 결심했다. 6줄, 7줄… 매일 하나씩 더해지니 분량이 늘어나기 시작했다.

④ 글쓰기 구성에 대해 공부한다

분량이 늘어나자 이젠 글쓰기 구성 방식부터 보게 되었다. 중구난방식 글이 아닌 보기 좋은 글을 쓰고 싶었다. 이 시점부터 신문 칼럼이나 유명 저자가 쓴 에세이 등을 참고하기 시작했다. 그들의 글을 처음부터 끝까지 한번 읽었다. 일단 내용을 파악하고 어떤 순서로 썼는지 분석했다. 첫 문장은 어떻게 시작하는지, 그 글감을 위한 저자의 경험은 무엇이 들어갔는지, 독자에게 하고 싶은 메시지는 무엇인지, 결론은 어떻게 끝냈는지 등등이 그것이다. 처음에는 어려웠지만 몇 번씩 읽으면서 분석하다 보니 패턴이 보이기 시작했다.

⑤ ④번이 어렵다면 글쓰기 강의에 등록하거나 책을 읽는다

유튜브에 있는 글쓰기 강의를 보거나 서점이나 도서관에 있는 많은 글쓰기 책을 읽어보는 것도 좋다. 그것이 어렵다면 혼자 고민하는 것보다 가장 좋은 것이 돈을 투자하는 것이다. 글쓰기 강의에 등록하여 노하우를 배우는 것이다. 어찌 보면 그것이 시간을 단축하는 방법이다.

⑥ 구성요소를 먼저 생각하고 계속 쓴다

여러 글쓰기 책과 강의, 칼럼 예시 분석을 통해 '경험-감정-(인

글로 옮기지 못할 인생은 없습니다

용)-결론'으로 짜인 구성이 가장 좋다고 결론 내렸다. 이 구성 방식을 가지고 여러 글을 쓰기 시작했다. 책 쓰기 원고 분량은 한글 A4 기준 2장 내외, 블로그 등 SNS에 올릴 글은 한글 A4 기준 1장 내외로 정했다. 그리고 한 번 쓰기 시작하면 그 분량을 채울 때까지 멈추지 않았다.

①~⑤번으로 오기까지 1년 정도 걸렸다. 그리고 ⑥번 방식으로 만 7년째 글을 쓰고 있다. 결국 가장 중요한 것은 계속 쓰는 것이다. 책 한두 권을 출간하고 계속 쓰지 않았다면 내 글의 발전과 성장도 없었을 것이다.

며칠 또 아팠다. 이틀 정도 한 줄도 쓰지 못했다. 이제 쓰지 않으면 몸이 더 근질근질해진다. 지인 작가가 내 글이 점점 예뻐진다고 칭찬했다. 앞으로 더 예쁜 글을 쓰기 위해서 더 노력하고자 한다. 오늘부터 ①~⑥까지의 방식으로 한번 글쓰기를 시도해 보자. 좀 더 쉽게 글이 써지는 경험을 할 수 있을 것이다.

에필로그

김순철

현재가 많이 힘들고 외로운 사람들에게 살면서 감사한 일, 고마운 사람, 나 자신에게 편지 같은 글을 써 보라고 권하고 싶다. 살면서 삶이 내 생각과 다른 방향으로 흘러갈 수도 또 어려움이 닥칠 수도 있다. 그런 사람들에게 힘이 되는 글을 쓰고 싶다는 마음을 이 책에 담아내고 싶었다. 모두가 똑같이 흘러간다고 여긴 삶이 한 권의 이야기가 될 수 있다.

이루다

글을 쓴 지, 벌써 2년이란 시간이 흘렀다. 많은 변화가 있었고 지금도 조금씩 성장하고 있다. 우리 모두 가슴속에 쓸거리를 품고 살아간다. 백만 가지 이유를 대며 미루고 있을 뿐이다. 자신을 변화하고 싶다면, 무기력한 삶을 활기차고 행복한 삶으로 바꾸고 싶다면 꼭 한 번은 글을 써 보길 바란다. 짜릿하고 황홀한 글 감옥에 스스로 갇히고 싶어질 테니. 당신의 하루하루가 나쁜 날씨가 없는 서로 다른 종류에 날씨로 가득한 하루가 되기를.

최경희

우리가 못 했거나 안 했던 일들을 생각해 보자. 그래서 얼마나 많은 기회를 놓치고 살았는지.

얼마 전 초전도체 슬릭백 전 세계 1위, 유튜브 2억 뷰를 달성한 이효철 학생은 유재석의 〈유 퀴즈 온 더 블럭〉에도 출연했다. 물론 자신과 상관없는 일이라고 생각할 수도 있다. 정말 중요한 건 2억 뷰 영상이 되기 전 그 학생이 했을 노력을 생각해 보자. 한 번에 되는 건 없다. 한 번 만에 됐다고 생각할 뿐. 자신에게 할 수 있는 확실한 투자, 글쓰기를 통해 더 나은 삶을 만나시길.

문미영

글은 특별한 사람만 쓰는 것으로 생각하는 사람이 많다. 글쓰기는 누구나 다 할 수 있는 일이다. 누구나 쓸 수 있지만 또 아무나 잘 쓰는 것은 아니다. 사람들마다 각자 살아온 환경과 조건이 다르다. 내가 쓴 글이 다른 사람에게 용기와 위로, 희망을 줄 수도 있다. 평범한 소재도 글감이 될 수 있다. '설마 이게 글감이 되겠어'라는 생각을 할 시간에 글을 한 자라도 쓰는 게 어떨까. 지금 당장 쓰자. 매일 쓰자.

글로 옮기지 못할 인생은 없습니다

김지윤

이 책을 읽는 당신도 마지막 책장을 덮을 즈음 나만의 글쓰기에 한 걸음 도전해 보기 바란다. 남들에게 좋은 사람이란 인정을 받기 위해 다른 사람의 기분을 살피며 전전긍긍하던 나는 이제 '내가 바라보는 나'와 '내가 바라는 나'에 집중하고 있다. 글을 쓰기 시작한 예전보다 훨씬 자유롭고 활기차다. 마치 밤의 시간에서 낮의 시간으로 나의 인생 시계가 바뀐 것처럼

황소영

내 꿈은 아직도 진행 중이고, 나는 육십이 되어도, 칠십이 되어도 꿈을 꾸며 살아가고 싶다. 글쓰기를 통해 자신을 돌아보고, 자신을 사랑해 보라고 말하고 싶다. 지나가는 거지에게도 배울 점이 있다고 말한 중학교 선생님의 말씀처럼 이 세상에 하찮은 인생은 없다. 내가 어딘가에 쓴 한 줄이 누군가에게는 용기가 되고 위로가 될 것이다. 그냥 담담하게 자신의 인생을 말해 보자. 글쓰기에 재능이 없는 나도 하고 있으니, 당신도 할 수 있다.

정지은

아이의 사춘기가 되면, 육아로 인한 몸고생이 끝나고 교육으로 인한 마음고생이 시작된다. 이때, 아이에게 스포트라이트를 비추고 살다 보면, 엄마도 아이도 괴로워진다. 아이를 향한 스포트라이트를 거두고 '안전한 거리'를 유지해야 엄마도 아이도 산다. 그 거리를 유지하는 방법으로 글을 써 보는 것은 어떨까? 엄마인

자신에게 스포트라이트를 비추는 것이다. 글쓰기를 통해 누구보다 먼저 엄마의 감정을 읽어보자. 아이도 엄마도 함께 성장할 수 있는 방법이다.

한미숙

아직도 글을 쓰려면 헤맨다. 그래도 매일 쓰는 이유는 글을 쓰면서 재미를 하나씩 마주치고 있기 때문이다. 지금까지는 딸, 엄마, 아내라는 이름으로 살아왔다. 그러나 글을 쓰면서 진짜 나를 찾아가고 있다. 우리는 자라면서 한 번도 나에 대해 생각해 보는 시간을 갖지 못했다. 그러다 갑자기 결정하게 되는 나의 진로 앞에서는 모두 헤맬 수밖에 없다. 이제 더 이상 헤매지 않기 위해, 진정한 나를 찾아 떠나는 글쓰기 여행을 시작해 보라고 여러분에게 말씀드리고 싶다.

양지욱

오늘부터 하루에 30분만 시간을 내어 글 쓰는 삶을 살아보자. 그 적은 시간이 쌓여 내일은 원하는 삶을 이룬 나를 만날 수 있다. 나는 글을 쓸 때 인간으로서 생명력을 느낀다. 전자책 공저에 참여한다. 한 달에 2페이지 분량 글을 한 편씩 쓴다. 일 년이면 12편, 3년이면 36편이다. 이것을 모아서 책을 출판할 예정이다. 운명을 바꾸고 싶지 않은가? 글쓰기에 도전하는 삶을 권한다. 시작하기 좋은 날, 바로 오늘이다.

글로 옮기지 못할 인생은 없습니다

장혜숙

자신만의 글을 쓴다는 것은 커다란 용기가 필요한 일이다. 이제야 깨달았다. 여든이 되어서 "그때 멋진 글을 써 볼걸, 그때 춤을 배워 볼걸, 그때 사랑하는 이와 여행을 떠날걸." 하고 후회하는 일이 없도록 도전하는 삶을 살아야 한다는 것을. 언젠가 시간이 흐르면 눈이 어두워서 글을 쓸 수 없을 것이며, 몸이 굳어서 춤도 출 수 없을 것이며, 병이 들어서 여행은 꿈도 꾸지 못하는 날이 머지않아 우리에게 당도할 것이다. 그대, 무엇을 망설이는가!

조은애

책을 쓰면서 많은 생각이 든다. 쓰고 싶은 것이 많아진 것이다. 내가 하는 건강해지는 일과 아름다워지는 일을 기록으로 남길 수 있어서 감사하다. 열심히 살아왔음에도 여전히 매일을 아등바등 사는 나를 발견한다. 말로는 행복하다고 하는데 진정 행복한 것인가! 수많은 상념이 떠오른다. 새로운 도전은 늘 긴장되고 설렌다. 누군가와 함께 글을 쓰니 써지기 시작한다. 글을 쓰면서 반성도 하게 되고 나를 알아가는 마음공부도 하게 되어 감사하다.

박진선

글쓰기는 당신의 힘든 마음을 어루만져줄 것이다. 그러길 바란다. 글쓰기는 당신에게 '해야 하는 일'들로 꽉 찬 삶 대신에 '하고 싶은 일'들로 꽉 채울 수 있는 삶을 선사해 줄 것이다. 진정한 삶의 목표, 살아갈 이유를 가진 나를 글쓰기는 내 앞에 앉혀 놓을 것이다. 이 책이 들려주는 경험의 목소리, 삶을 대하는 정성스러운 태도에서 무언가 얻었으면 좋겠다. 그리고 한 가지 분명한 것은 모두 쓰고 싶어서 썼다는 것이다. 다음은 당신의 차례다.

황상열

자신의 인생이 잘 풀리지 않아 좌절하거나 감정의 소용돌이에 빠진 사람들에게 글을 써 보라고 권하고 싶다. 무슨 대단한 문학 작품을 쓰는 작가가 되라는 것이 아니다. 글을 쓰게 되면 자신을 객관적으로 돌아볼 수 있게 된다. 감정의 찌꺼기에서 벗어날 수 있다. 새로운 희망을 품을 수 있다. 책 한 권 내고 더 이상 글을 쓰지 않은 사람이 되지 않았으면 좋겠다. 매일 쓰는 당신이 진짜 작가이다. 그대로 살아 그대의 글을 남겨라.

글로 옮기지 못할 인생은 없습니다